엄마에 대하여

엄마에 대하여

한정현 조우리 김이설 최정나 한유주 차현지

다산책방

소설의 모티브가 된 노래 가사를 작가 노트 앞에 인용했다. (KOMCA 승인 필)

결혼식 멤버, 結婚式のメンバー

한정현

2015년 동아일보 신춘문예를 통해 소설을 발표하기 시작했다.
소설집 『소녀 연예인 이보나』, 장편소설 『줄리아나 도쿄』가 있다.

오랜만이라는 말과 함께 온 메일의 서두에는 받는 사람의 이름이 없었다. 받는 사람의 이름도 적지 않은 채 건네는 인사라니. 제대로 온 메일일까 사람에 따라선 이상하게 느껴질 수도 있겠지만 적어도 메일 계정주인 나나는 그렇게 느끼지 않았다. 그러니까 나나도 이 메일이 계속되는 것에 암묵적인 동의를 하고 있다는 뜻이다. 나나의 메일함엔 언제부터인가 이 사람의 메일만 남게 되었다. 물론 이 사람을 위해 메일 계정을 만든 건 아니었다. 이 메일 계정은 나나가 석사과정에 막 입학하고 나서 논문 포털 사이트에 가입하려고 만들었다가 방치해뒀던 거였다. 한국에서는 지메일을 쓸 일이 별로 없었다. 다만 오랫동안 아이폰을 쓰던 나나가 다른 핸드폰을 구매하게 되었고, 그에 맞춰 안드로이드 프로그램을 설치하기 위해 쓰지 않는 이메일 계정을 찾다 보니 이 메일 주소가 떠오른 것뿐이었다. 비밀번호 찾기까지 해가며 되살린 계정엔 그 사람이 보낸 메일들이 이미 빼곡했다. 메일을 몇 개 읽은 후 나나는 잠시 노트북 화면 건너의 벽을 바라보았던 기억이 있다. 그다음 날엔 지메일 계정으로 오던 다른 메일들을 정리하기 시작했다. 고지서라면 메인으로 쓰는 메일로 옮겨놓았고 간혹 언제 가입한지도 모르는 쇼핑몰에서 가입 약관 변경에 대한 메일이 오면 그것 또한 다른 계정으로 변경해두었다. 그런 메일들을 정리하면서 나나는 자신이 의외로 세상의 많은 것과 연결되어 있다고 느꼈다. 하지만 또 그렇게 메일을 정리하고 보니 너무 많은 것들이 금세 사라지기도 했고, 다시 그걸 보면서는 자신의 삶이 새삼스레 너무나 간단한 무늬로 직조된 것 같다고 느끼기도 했다. 어쨌거나 정리된 메일엔 이제 정말 그 사람의 메일만 차곡차곡 쌓여갔다. 메일은 주기적으로 도착했다. 정확하진 않았지만 대략 일주일에 한 번 정도.

나나는 이 사람이 처음 보낸 메일을 봤던 그날에 대해 생각했다. 그날 나나에게는 무슨 일이 있었지? 별일은 아니었다. 아니, 별일인가, 그것은?

그때 나나는 2년 동안 같이 살던 남자의 집에서 자신의 짐을 따로 챙겨보고 있었다. 책장과 옷가지 빼고는 딱히 나나의 짐이라고 할 만한 게 없었다. 그 외의 물건들은 남자와 함께 사용하는 것들이었다. 그러나 원래 남자의 집이었기 때문에 그건 어쩐지 남자의 물건이라고 해야 할 것 같았다. 남자는 같이 살기 전까지 포함해 총 2년 동안 나나의 애인이었다. 둘은 동거 초반을 빼고는 거의 싸우지 않았다. 남자는 술을 많이 마시거나 소리를 지르거나 밥을 혼자 차려 먹지 못하거나 모임에 나가서 연락이 두절되지 않았다. 남자는 아파트 경비 아저씨께 인사를 잘했고 택배 기사분께 예의가 없지 않았고 취미는 다양했으며 외국에서 더 유명하다는 대기업에 다니고 있었다. 회사에서는 희귀성이 있는 개발 파트를 맡고 있는지라 뉴스에 나올 정도로 퇴직 이후의 전망도 괜찮았다. 나나처럼 책을 좋아하진 않지만 여름엔 자전거를 타고 교외의 삶을 즐겼으며 겨울엔 실내 수영장을 다녔기에 아랫배가 거의 없었다. 옷이 많지는 않았으나 때에 맞게 꾸밀 줄 아는 센스도 나나를 통해 조금은 습득한 사람이었다.

"이 모든 게 나나 씨 덕분이죠, 나는 나나 씨에게 받은 게 아주 많아요. 나나 씨가 그렇게 생각하지 않는다고 해도 말이에요. 의도는 내가 정하는 게 아니듯 호의도 주는 사람이 꼭 그렇게 느껴야만 하는 건 아니니까요."

이런 말도 나나를 통해 습득한 사람, 그러니 저 뒤의 문장이 조금은 작위적이어도, 누군가를 따라 하는 게 제법 분명해 보여도 이 남자의 모든 것이 썩 괜찮기에 그 정도는 충분히 넘어가줄 수 있을 것 같은 그런 사람. 이제 결혼하면 되겠구나, 이렇게 말하는 친구들보다, "너네 아이는 안 낳을 생각이지?" 하는 친구들이 더 많았다. 그러니까 나나보다 먼저 그들의 결혼을 사실화한 사람들이 많았다는 뜻이다. "그러게. 그런데 너네는 어째서 나에게 한 번도 '그 사람 사랑하지?' 하고 묻지 않는 거야?" 나나가 이렇게 물으면 사람들은, "뭐 사랑만으로 결혼하니? 그래서, 결혼 언제라고?" 이렇게 되묻는 식이었다.

아…… 그래, 결혼.

결혼. 그래서 임나나는 그와 결혼을 하고 살 자신이 있는가. 평생 이 사람만을 사랑할 자신이 있는가.

글쎄…… 글쎄요?

결혼식 때 나나가 조금만 긴장을 늦추면 저런 대답이 나올 것만 같았다. 물론 실제 결혼식을 한다면 가족과 친지, 친구와 지인들 앞에서 나나는 절대 그런 모험을 하지 않을 것이다. 모험심 부족. 나나가 결혼을 결심한 이유를 한 단어로 뽑아야 한다면 저거니까. 물론 남자를 사랑하지 않는다는 건 아니다. 다만 나나는 이제 '모험'이라는 단어 자체가 낯설었다. 흔히 말하는 일류 대학도 아니고 인서울 대학도 아닌 지방대학을 졸업한 나나가 서울 소재의 대학원에 진학한다고 했을 때, 사람들은 모두 나나에게 '왜 그런 모험을 강행하냐고' 했다. 또 어떤 사람들은 나나의 용기를 칭찬했다. 친척들은 나나의 아버지가 이미 1980년대에 대학원을 나온 사람이라는 것을 떠올리기도 했다. 하지만 박사를 졸업하고도 시간강사 일과 계약직 연구원 일을 하다 보니 모험심은 자연스레 사라졌다. 대학에서의 강의, 연구원이라는 직함, 가끔 하는 번역으로 따낸 번역가라는 타이틀. 그러나 타이틀 뒤에서 나나는 점점 작아졌다. 이제 모험은 고사하고 히키코모리가 되지 않으면 다행인 존재감만 남았다. 그렇게 모험심 부족의 임나나는, 그러므로 마음속으론 글쎄요와 같은 목소리가 나올지언정 현실의 삶에서는 일단 결혼을 해보기로 했다. 단지 문서에 서명하는 거야. 최대한 가벼운 마음으로 나나는 동거 2년의 해를 결혼 첫해로 바꿀 준비를 하고 있었다. 혼인신고를 하면 이제 누군가를 다시 만나야 한다는 생각도 없어질 것이고 대출이 가능한 금액의 전셋집을 알아보며 자괴감에 빠질 필요도 없을 거라고, 나나는 결혼으로 자신이 가벼워질 거라고 생각했다. 하지만 막상 결혼이 확정되자 남자는 이제 나나에게 동거 때와는 다른 책임감을 강조했다. "미래가 있잖아요, 미래. 무거운 책임감을 가져야 해요." 그러면서 남자는 나나의 수입 공개를 요구했다. 나나는 돈 욕심이 없었다. 아니, 돈이 있어본 적이 없어서 돈 자체를 생각할 필요가 없었다. 나나의 자산을 검토한 남자는 다음 날, 마침 쓰던 아이폰이 말썽을 부려 새로운 버전의 아이폰을 구매하려던 나나를 가볍게 제지했다. 그는 나나에게 핸드폰 기종을 변경하고 요금제를 알뜰폰으로 하는 것을 권유했다. "굳이 나나 씨가 아이폰을 쓸 이유는 없으니까요. 지난번에도 할부금이 엄청났었는데, 몰랐죠?" 웃음까지 지으며 이렇게 말하는 남자의 얼굴엔 여러 가지 의미의 뿌듯함이 묻어 있었다. 나나가 모르는 경제 개념에 능통한 자신에 대한 자부심, 여태 그걸 모르는 나나를 질책하지 않는 자신의 너그러움에 대한 자부심. 나나는 그런 그의 얼굴을 보면서 오히려 다른 생각을 하고 있었다.

"아이폰이 좋아서 썼던 건 아니지만, 그냥 스마트폰으로는 처음부터 썼던 게 아이폰이어서…… 저는 그게 편한데."

나나가 하고 싶었던 말은 그거였다. 나나는 자신이 왜 핸드폰을 바꾸고 싶지 않다는 말을 못 하는 걸까 생각해보았다. "결혼할 때 그렇게 많이 싸운대잖아." 문득 사람들의 말들이 떠올랐다. "너도 이제 서른 중반이다, 나나야." 또 다른 말이 치고 들어왔다. 나나는 곧 남자가 권유하는 핸드폰 기종으로 바꾸고 통신사도 변경했다. 기계일 뿐이라고 생각했는데 많은 게 좀 어지러웠다. 안드로이드는 처음 써본 터라 핸드폰 화면에는 자꾸만 로그인 화면이 떴다. 아이클라우드만을 사용했던 나나는 자료를 두고 고심하며 네이버를 검색했다. 안드로이드 프로그램을 깔면서 나나는 안 쓰는 지메일 계정을 찾아냈고 비밀번호도 찾아내야 했다.

당신의 일순위는? 나나는 오래전 자신이 설정해놓은 비밀번호의 질문을 보고서 자신이 왜 그걸 중요한 질문이라고 여겼는지 잠시 생각에 잠겼다. 여러 번 실패 끝에 찾아낸 질문의 답은 나나를 다시 멈추게 했다. 질문의 답은 이러했다. **나, 임나나, 나 자신. 그리고 언젠가 나와 평생을 함께할 사랑하는 사람.**

찾아낸 것만 있는 건 아니어서 무언가를 발견하기도 했다. 그랬다. 그날, 그때, 그곳에서 처음으로 이 사람의 메일을 발견한 것이다. 제목없음의 제목으로 온 이메일.

나나는 가장 최근에 온 그 사람의 메일을 읽은 후 뒤로 가기를 눌렀다. 그대로 창을 닫으려던 나나는 스크롤을 내려 메일 목록을 훑었다. 제목없음으로 된 메일 중에서 나나는 그 순간 가장 눈에 띄는 메일을 하나 클릭했다. 다 같은 제목없음에서 눈에 띄는 걸 발견한다는 것도 웃기긴 했지만 뭐랄까, 나나는 그런 게 분명 있는 것 같았다. 그렇게 나나는 그 사람이 보낸 메일 중 그날그날 눈에 띄는 메일을 하나 정해서 다시 읽었다. 그날은 약 세 달 전에 온 메일에 시선이 가닿았다.

ナナ様 (나나 님께)

놀라지 않은 것 같군요. 메일은 늘 확인하는 것 같아 다행입니다. 무어라 반응이 없다는 것이 다행인 느낌입니다. 일단은 항의메일이나 차단이 아닌 것으로 보아 제대로 된 계정을 찾은 것도 확실해 보입니다. 메일 주소를 찾다가 귀하의 논문들을 여러 편 본 것도 나에게는 행운입니다.

귀하의 논문을 사실 오래전부터 검색해오고 있었습니다. 그중에서 제국 시기 류큐왕국-대만-한국을 연결 지어 일본 제국의 현지처 문제를 다룬 논문을 재밌게 읽었습니다. 식민지로 보낸 일본인들의 적응을 돕기 위한 제국의 계획 중 하나가 일본 현지에서 여자를 보내 식민지에서 가정을 꾸리게 하는 것이었다는 점. 무언가, 그런 말들은 자주 하잖아요, 국가와 가족은 비슷하다. 물론 가족제도 자체를 국가가 만들었으니 그렇겠지만요. 그러나 말뿐 아닌 논문으로 읽으니 정말 흥미롭더군요. 아쉽게도 이와 관련한 내용으로 귀하가 후속 연구를 진행한 건 아닌 것 같았습니다. 어쩌면 당신이 판단하기에 이러한 주제가 당신의 커리어와 맞지 않는다고 느꼈을 수도 있고요. 어쨌거나 나 자신이 자꾸만 밑줄을 그으려 덤비지만 않는다면, 당신의 논문을 읽는 일은 내게 신선한 즐거움을 주고 있습니다.

그런가 하면 서울시 은평구에 산다는 이야기는 이전에 한 잡지 기사에서 읽었습니다. 그곳엔 번역가로 소개되어 있더군요. 귀하가 번역한 여성 아나키스트 평전은 귀하가 선택한 것인지 출판사의 의뢰인지 궁금했습니다. 일본에서도 대만에서도 그 여성은 꽤나 격렬한 저항을 한 사람으로 알려져 있으니까요. 그 잡지를 어떻게 보았는지 궁금하시겠죠. 독립 잡지이고 한국에서도 펀딩을 통해서만 유통된 것이니까요. 역시나 제가 돈을 지불한 사설탐정으로부터죠. 말하고 보니 이 직업을 한국어로 탐정이라고 번역하는 게 맞을지 모르겠습니다. 사설탐정은 한국에서 약간 불법적 느낌이니까요. 뭔가 다른 낱말이 필요합니다. 하지만 도쿄에서 이들은 단지 생활수집가라고 해야 할까요. 어쩌면 드라마에서 제법 보았을지도 모르겠군요. 하지만 이런 이야기를 쓰니 제가 꼭 무슨 다른 세계 사람 같기도 합니다만. 어쨌거나 제가 귀하를 생물학적으로 출산한 것만큼은 분명하니까요.

나나는 이 부분에서 조금 웃었던 기억이 난다. 나나 사마라니, 귀하라니……. 나나는 귀하라는 말이 좋았다. 귀하라는 말은 나나가 남자와 결혼식 청첩장을 만들려고 이런 저런 봉투를 비교해볼 때 보았던 단어였다. 나나는 흰 봉투에 쓰인 귀하라는 말을 오래 들여다보았다. 자주 쓰지 않는 깍듯한 말. 귀하. 나나는 자신을 나나의 생물학적 어머니라고 알려온 사람이 자신을 귀하라고 부르는 게 좋았다. 아마도 나나가 아주 어릴 때 아버지와 이혼한 그 사람일 것이다. 나나는 아버지에게 이 사람에 관해서 제대로 듣지 못했다. 직업이나 나이는 물론이고 결혼 전 이름에 대해서도 듣지 못했다. 메일을 보내온 이 사람이 대만의 타이베이에서 태어나 어린 시절 도쿄로 이주했고 그렇기에 대만, 일본 이

중 국적자라는 것 정도만 막내고모를 통해 들었었다. 나나를 낳고 얼마 키우다가 타이베이가 아닌 도쿄로 돌아갔다는 것도 최근에 큰고모를 통해 안 사실이었다. 나나는 그 사람이 연구자라는 정보 하나를 추가했다. 나나가 한창 연구에 열심이었을 때 나나는 모르는 사람과도 연구 관심사가 같으면 얼마든지 이야기할 수 있었다. 생물학적 어머니라고 밝힌 사람의 메일을 읽으며 나나는 문득 연구 목적을 핑계 삼아 5·18 유가족들의 오키나와 방문 여행에 통역으로 따라갔던 기억을 떠올렸다. 그곳에서 나나는 재조일본인 여성 연구자인 경아 씨와 당시엔 아직 고등학생이었던 영소 씨를 처음 만났었다. 그때 영소 씨는 아빠가 5·18 때 돌아가시고 엄마와 오키나와로 왔다고 했었고 경아 씨는 조선적 재일과 결혼해서 도쿄로 이주했다고 했었다. 일면식도 없었던 셋은 동아시아 국가 폭력의 피해자와 가해자, 교차성과 기억, 제도과 제국에 관한 이야기로 몇 시간씩 떠들곤 했었다. 그때의 영소 씨는 이제 연구자가 돼서 몇 년 전에는 경아 씨와 함께 학회에서 만나 반갑게 인사를 나누기도 했었다. 그래서인가. 나나는 이 사람이 자신의 논문을 이야기하는 부분에서 심장이 뛰는 걸 느꼈다. 이 사람의 메일을 그때 받았더라면 자신도 뭔가 가족의 이야기를 할 수도 있었겠다는 생각이 들기도 했다. 그리고 그 설렘은 또 다른 기억도 데리고 왔다. 나나가 처음 대학원에 진학한다고 했을 무렵의 이야기다. 할아버지의 제사 때문에 나나의 집에 모인 고모들이 주방에서 이런 이야기들을 나누고 있었다. "솔직히 지 엄마 닮아서 저러는 거지, 오빠가 공부든 뭐든 뭐 제대로 했어?" 막내고모의 말에 나나는 문득 들고 있던 아빠의 접시를 내려다봤다. 고기만 빼 먹은 산적 꼬치가 있었다. 나나는 아빠가 큰고모만 오면 주방이 어디 있는지도 모르는 사람처럼 구는 걸 잘 알고 있었지만 그걸 꺼내어 말하진 않았다. "왜, 큰오빠도 한다고 했지. 뭐 새언니가 좀 똑똑했니." 큰고모는 나나가 대학에 들어갈 때까지 집안 살림을 해주었다. 큰고모는 조금 이른 나이에 불임이라는 이유로 이혼했는데 나나의 아빠부터 할아버지까지 모두 큰고모가 큰 죄나 지은 사람처럼 대했고 나나네 집 살림을 해주는 걸 조금은 당연하게 여기는 눈치였다. 나나는 그 모든 것이 정말 이상하다고 생각했다. 아빠는 큰고모에게 모든 걸 의존하면서도 그것을 큰고모 탓으로 돌렸으니까. 어떻게 보면 나나를 키운 사람이었지만 또 어떤 면에서는 아빠를 키운 사람 같기도 했다. 나나는 그런 큰고모의 새언니라는 말에 조금 움찔거렸다. 큰고모는 한 번도 나나

앞에서 그 '새언니'의 존재를 말한 적이 없었다. "아우, 언니. 그때 오빠 이혼할 때 오빠가 버티면서 이혼해주는 대가로 어떤 조항 넣었는지 기억 안 나? 새언니 재혼 금지 조항 넣었잖아. 당연히 안 들어 먹혀서 아주 쌤통이었지만. 오빠지만 너무 정 떨어지더라." 막내고모의 말에 큰고모는 나나가 혹시 듣고 있는지 주위를 잠시 두리번거리는 것 같았다. 그러다 이내 손까지 내저으며 조용히 하라는 제스처를 보냈다. 나나는 그런 고모들이 있는 주방의 문 뒤편에 서서 여전히 큰고모가 차려주는 밥을 먹는 아빠를 떠올렸다. 한편으로는 완전히 다른 의미에서 나나는 자신이 이미 대학을 졸업했는데도 본인의 이름이 아닌 새언니라고 불리는 그 사람에 대해 잠시 생각해보았다.

은평구는 내가 한국에 있을 때 오래 자취를 했던 동네입니다. 나는 그 근방의 대학을 다녔어요. 귀하는 인정병원이라는 곳에서 태어날 뻔했습니다. 태어난 곳을 알겠지요? 그러니 말을 따로 하지 않을게요. 그냥 학교를 다니면서 그런 생각을 했던 것 같아요. 나중에 아이를 낳게 되면 인정병원에서 낳고 싶다, 이런 막연한 생각들이요. 왜 인정병원이었냐면. 이것도 귀하의 생각으로는 조금 막연할 수 있어요. 왜냐하면 나는 의료 수준이나 시설 등은 하나도 몰랐어요. 단지 바로 옆 응암동 감자국 거리에 시장이 죽 늘어서 있는데 가게도 많았지만 이런저런 찬거리를 사는 사람들이 참 많았거든요. 아이가 태어나면 가장 먼저 볼 수 있는 풍경과 분위기가 중요한데 나는 그런 것들을 보여주고 싶었어요. 지금도 감자국 거리에 시장이 있나요? 거기서 이런저런 한국식 반찬을 종종 사다 먹은 기억이 있군요.

풍경과 분위기……. 이 메일을 읽은 다음 날, 나나는 응암동 감자국 거리에 가보았다. 같은 은평구라고 할지라도 나나는 그곳에 가본 적이 없었다. 나나는 불광천 가까이 살았었다. 하지만 나나도 은평구를 좋아한 건 사실이었다. 이유를 물어보면 별다른 건 없었다. 오랜 대학원 생활과 연구원 생활을 거치며 나나는 공동저자로나마 몇 권의 책을 가지고 있었다. 공저자 이후엔 번역 일을 작게나마 꾸준히 해왔다. 이래저래 출판사에 갈 일이 있었는데 그러다 보니 합정이나 홍대 근처에 집이 있는 편이 좋았다. 나나가 다니던 학교는 종로와 가까웠는데 은평구는 그쪽으로 나가기도 수월했다. 학군이 없어서인지 집세도 저렴했고 대부분 나나처럼 혼자 사는 젊은 인구가 많았다. 그런 이유에서인지 나나의 친구들도 그 근방에 있었다. 근처의 큰 마트에서 종종 친구들을 마주치면 과자나 와인 같은 걸 나나에게 불쑥 건네고 가기도 했다. 그건 나나도 마찬가지였다. 김밥을 포장해가다가 친구를 마주치면 떡볶이를 주문해 건네곤 했다. 그리고 뭐랄까, 분위기라는 게 있었다. 상의한 적 없는데 가까운 친구들이 모여든 건 아마 그 분위기란 것과 관련이 있을 테지만 역시나 그건 정확하게 설명할 수 없었다.

"대체 거기가 왜 그렇게까지 좋아요?" 나나가 응암동 집을 정리하며 아쉬워하자 남자가 조금은 난처한 표정으로 웃어 보였다. 다세대주택에서 아파트로 가게 되었는데, 이 여자는 대체 왜 이렇게까지 우울해하는 걸까? 나나는 남자가 웃음 뒤에 감춘 말을 알고 있었다.

"지금까지 사귀던 사람 중에 결혼하고 싶은 사람은 나나 씨가 처음이에요. 결혼은 연애와 다르잖아요."

나나는 남자가 마지막 말에 힘을 주고 있다는 생각을 했다. 남자는 자기와 사귀던 여자들이 늘 자신과 결혼하고 싶어 했다는 점을 강조하고 있었다. 나나는 그때 무슨 대답을 했던가. 남자는 나나로부터 고마워요, 좋아요와 같은 말을 기대했을까? 정작 나나가 했던 말은…….

그때 나는 퍽 인기가 없는 여성이었습니다. 인기가 없다는 말이 사귀는 사람이 없었다는 뜻은 아닙니다. 나는 연애 상대자로는 꽤나 만만했던 모양입니다. 수업을 들으러 가면 쪽지를 꼭 받아 왔으니 말입니다. 그런데 어느 순간 내가 한국에서 인기가 있는 여성이 아니라는 걸 깨달았습니다. 누구도 나와 결혼하지 않으려 했습니다. 왜 그랬을까요.

조금만 더, 내 이야기를 해보겠습니다. 내가 처음 한국에 간 것은 1980년이었습니다. 대만은 1992년 단교 전까지 한국과 처음 교류한 나라로 각별한 사이였습니다. 심지어 대만에서 한국에 관한 연구 논문이 나온 건 1930년대부터지요. 사실 대만은 식민지배를 겪었지만 한국과 달리 일본에 대해 거부감이 덜합니다. 그것은 일본이 대만에 비해 조선에 좀 더 가혹한 식민지배 정책을 쓴 까닭도 분명 있습니다. 영화 검열에 관한 두 나라 비교 연구만 봐도 그렇지요. 그러나 내가 보기에 그것은 가스라이팅으로 사람을 제압하는 것과 물리적 폭력을 써서 제압하는 것, 그런 방법의 차이였을 뿐입니다. 제국 일본이 한 행동 말이에요. 물론 어릴 때 나는 그런 것을 알지 못했고 그런 이유 때문인지 일본 국적을 취득하기 전에도 이곳에서 딱히 내가 외국인이라는 생각을 하지 않았던 것 같습니다. 오히려 일본에서 한국으로 공부를 하러 가면서 그런 걸 실감했지요. 1980년 당시 대만에서 태어나 일본에서 오래 공부했고, 대만 국적과 일본 국적을 동시에 가진 사람이 한국의 미시사와 문화사 연구를 한다는 것……. 그때는 재일 교포든 일본 유학생이든 많은 이들이 안기부의 감시를 받았었습니다. 아무래도 조총련계에 대한 경계이기도 했겠지요. 재밌는 건 나는 재일교포도 일본인도 아니라는 점이죠. 하긴, 조선적 재일과 재일교포에 대한 구분도 명확히 없던 시절이니까요. 나는 순식간에 목숨을 걸고 공부하는 입장이 되었지요. 한국에서 사귄 남자들은 공부에 헌신하려는 내 욕망을 염려스러워했습니다. 처음엔 저를 걱정해주나 싶었는데 시간이 흐를수록 조금 이상했습니다. 잘 만나던 사람들도 결혼 이야기가 나오고 내가 공부를 계속할 것임을 알게 되면 어느 순간 아이는 누가 키우느냐고 되물었어요. 사실 내가 한국에 처음 갈 때는 이중국적자라 해도 일본 국적을 가지고 있는 게 가장 큰 문제가 되지 않을까 했습니다. 나는 비혼주의자가 아니었고 결혼해서 한국에서 살 생각을 했으니까요. 그런데 일본 국적은 어떻게 보면 문제가 아니었습니다. 오히려 사람들은 일본어를 하면 부자겠네,라는 말을 하며 얼굴을 밝혔습니다. 하지만 대만

국적이라고 하면 거긴 뭘 먹고 살아요? 에어컨은 있어요? 덥죠? 이런 걸 물으며 나를 함부로 대했습니다. 대만은 한국보다 일찍 선진국의 반열에 오른 나라인데 동남아라는 것이 한국 사람들에게는 무언가 함부로 대해도 되는 보증수표라도 되는 듯했지요. 반면, 설사 내가 재일교포라고 해도요. 귀하는 아시지요? 조선적, 그리고 재일교포들이 얼마나 힘겹게 살아왔는지 말입니다.

결혼에 관한 이야기로 되돌아 가볼게요. 아마도 귀하의 아버지를 만나기 전이었을 겁니다. 나는 당시 학교에서 선배와 연애 중이었습니다. 그는 내가 공부를 계속하겠다고 하자 고개를 크게 끄덕이며 나의 빛나는 재능을 인정한다고 했습니다. 순대국밥을 파는 집이었는데 갑자기 소주 한 병을 시키더군요. 나는 소주를 그다지 좋아하지 않습니다. 그에게 몇 번이나 그걸 말했었는데, 이런 생각을 하던 중이었습니다. 소주 한 잔을 마신 그가 나는 자기와 함께 살기엔 너무 열정적인 여자라고 했지요. 그는 자신을 키워주신 어머니 이야기를 꺼내기도 했습니다. 그런데 말이에요. 이 이야기엔 이런 뒷이야기도 존재합니다. 그해 국가장학금을 제가 받았다는 사실 말입니다. 그가 자신의 어머니가 아닌 차라리 장학금에서 저에게 밀린 자신의 이야기를 해도 됐었다고, 한참이 지나자 그런 생각이 들었습니다. 그런 그에게 어느 순간 제가 집중력이 떨어졌던 걸까요. 이별의 순간, 저는 그 사람이 아닌 가게 주인이 틀어놓은 텔레비전 화면에 더 시선이 갔습니다. 1988년 올림픽 개최가 확정되었다는 뉴스였지요. 화면 속 한국인들이 만세를 하고 있었습니다. 이별 선언 뒤로 만세삼창이 제법 오래 이어졌습니다. '여기 다 헐리게 생겼는데 만세고 뭐고.' 이렇게 중얼거리며 가게 주인분이 텔레비전 채널을 바꾸니 퍽 소리와 함께 화면이 전환되었습니다. 〈쇼쇼쇼〉라는 프로그램에 정애리라는 가수가 나오더군요. 그날 정애리라는 가수가 부른 노래의 제목은 〈얘야 시집가거라〉였습니다. 가사는 기억에 남질 않습니다. 나는 또다시 다른 것에 시선을 맞추고 있었거든요. 동남샤프 TV라는 금박의 상표. 그 상표에 눈을 맞춘 건 내 옆 테이블에서 동남샤프 TV 로고가 새겨진 작업복을 입은 여성이 상대 남성에게 결별 선언을 듣고 있었기 때문입니다. 듣자 하니 상대 남성은 대학생인 모양이었고 여성은 그 회사의 공장에 다니는 것 같았습니다. '너와 결혼할 수는 없잖아.' 나는 순간 그 말을 옆 테이블의 남성이 하는 건지 내 앞에서 소주를 들이켜는 사람이 하는 건지 헷갈렸습니다. 물론 어떻게 그 여성분과

제가 무조건 같다고 할 수 있겠습니까. 그렇지만 '남자에게 결혼을 거절당한, 사회에서 정한 결혼 적령기의 여자가 되어버린', 그 순간에는 그 여성분과 제가 마치 같은 사람 같았어요. 어느 순간 퍼뜩 정신을 차리게 되었는데 내 앞에서 이별을 고하던 선배가 문득 이렇게 중얼거렸기 때문입니다.

"그게. 외국인이랑 결혼하면 결혼식에 부를 사람도 없고." 그래요, 한국은 결혼식이라는 것이 중요하다고 알고 있었습니다. 아마도 일본의 결혼식 문화에서 유래된 것이겠지요. 일본 사회의 가족 붕괴가 진행된 지 꽤 오래인데도 이른바 결혼식 멤버가 없는 건 용납하지 못하거든요. 하객 아르바이트가 일반화될 정도니까요. 다시 이야기를 돌아와 보자면, 나는 그날 슬프지는 않았어요. 다만 동남 샤프 TV 작업복도 미처 벗지 못한 채 달려와 이별 선언을 들은 저 여자의 결혼식 멤버가 되어주고 싶다고, 이런 생각뿐이었지요.

88 서울올림픽이라……. 나나는 그 단어가 참 어색하다고 느꼈다. 이제 올림픽은 도쿄에서 예정되어 있잖아요. 나나는 문득 자신이 메일에 답을 하고 있다는 걸 깨닫고 멈

춰 섰다. 물론 나나가 멈춘 건 올림픽 때문이 아니었다.

나나와 사귄 남자들은 모두 나나와 결혼을 하려고 하지 않았다. 모두 나나의 앞길을 응원해줬을 뿐이다. 아마도 나나의 SNS를 아는 사람들만 알고 있을, 나나가 공저자로 참여한 책이 나올 때도 그들은 저마다 나나에게 응원의 메시지를 보내오곤 했다. 출간 소식은 어떻게 알았어? 이렇게 묻거나 고맙다는 대답을 하는 대신 나나는 그들의 카카오톡 프로필을 클릭해보았다. 대부분 결혼식 때 찍은 사진들이었다. 그러니까 나나는 자신과 함께 살자고 한 유일한 남자인 그 남자에게.

고마웠다.

자신과 결혼하려고 하는 남자가 고마웠다. 그렇다고 생각했다. 처음으로 빛나는 재능, 꺼지지 않는 열정, 모험심 가득한 나나. 이런 말들을 입에 올리지 않아서 고마웠다. 몰래 SNS를 보고 있다가 응원을 건네면 충분히 멋있을 수 있는 순간에 나나도 모르는 자신의 미래를 응원해주지 않아서 고마웠다. 결혼이라는 제도를 신경 쓰는 건 아니라고 나나는 생각해왔다. 그저 지금 이 순간 자신을 떠나주지 않은 그 마음이 고마웠다.

그런데, 정말 그랬나. 그랬……나?

나나는 남자와 사는 집이 있는 동네로 돌아오며 여전히 그곳에 사는 지인들과 친구들의 얼굴을 잠깐씩 떠올렸다. 카카오톡을 열려던 나나는 문득 어떤 생각 앞에서 멈춰 섰다. 1년 전쯤이었다. 친구들 사이에서는 결혼 파기 후 연락이 두절된 한 선배의 이야기가 화제였다. 나나는 그 선배가 결혼 때문에 그러는 것이 이해되지 않았다. 다들 여성 연구자로서 그 선배를 얼마나 존경했는데…….

"그 선배 무성애자라던데. 남자가 근데 그거 불감증이라고 몰아가서 헤어진 거라던데?"

시간이 조금 더 흐른 후 누군가 이런 말을 했지만 왜인지 그 말에는 다들 침묵했었다. 남자의 조건에 대해서만 한참 떠들었던 기억이 있다. 나나는 그때 진실을 알고도 그 선배에 대해 말한 것을 전혀 미안해하지 않는 사람들이 정말 싫었었다. 결혼에는 사랑이 가장 중요한 거 아닌가, 조건이 어쩌고저쩌고 정말 다들 그러려고 공부했니? 나나는 혼자 속으로 씩씩대기도 했었다. 그런데 그런 나나는 말이다, 어째서 왜 그 누구에게도 연락하지 못한 걸까?

나나는 다시 메일이 열려 있는 화면 앞으로 돌아왔다. 88 올림픽에 대한 이야기를 읽어서인가 나나는 어쩐지 이런 걸 묻고 싶었다. 사실 나나는 일본이 코로나에도 올림픽을 강행하는 것이나 독도 표기를 똑바로 하지 않은 것이 불편하기도 했지만 한편으로는 올림픽이 열리는 도시 특유의 그 분위기가 궁금하기도 했다. 나나는 서울올림픽 때 세 살이었다. 올림픽이 열리는 도시에서 저는 경쾌함을 볼까요, 강제 이주를 해야만 했던 사람들의 한숨을 먼저 생각하게 될까요? 그건 자신이 무엇을 중요하게 여기는 사람인지 스스로에게 묻는 질문이 될 거라고도 생각했다. 나나는 연구자니까, 나나는 연구자인 자신의 기질만큼은 그래도 좋으니까. 그러나 한참 후 나나는 자신이 일부러 다른 생각에 집중하려 한다는 사실을 깨달았다. 사실 나나는 올림픽이 아닌 메일을 보낸 이 사람의 안부가 묻고 싶었던 것이다. 한참의 시간이 흐른 후, 겨우 답장하기를 누른 나나는 고심 끝에 맨 첫 줄을 썼다.

"귀하에게."

누구누구 씨도 아니고 누구누구 님도 아닌 귀하에게. 나나는 자신이 시작한 메일의 서두가 제법 마음에 들었다. 물론 그 메일을 곧장 보내지는 못했다. 나나는 그날 아버지에게 전화를 걸어 생물학적인 어머니가 메일을 보내왔음을 알렸다. 그리고 생물학적인 어머니를 자신의 결혼식에 초대하고 싶다는 말을 덧붙였다. 나나의 결혼이 결정된 순간부터 아버지는 입버릇처럼 어머니의 자리를 비워둬서 미안하다는 말을 하곤 했으니 나나는 이걸 아버지에게 가장 먼저 알려주고 싶었다. 이제 어머니를 부르면 되지요, 그러나 나나의 이 말에 아버지는 펄쩍 뛰었다. 하마터면 아버지에게 메일의 비밀번호까지 알려줄 뻔했던 나나는 이내 아버지에게 생물학적 어머니의 메일에 관해 상의하는 걸 멈췄다. 이번엔 남자에게 그 메일의 존재에 대해 알렸다. 남자는 처음엔 나나가 새로 번역하는 소설의 내용인 줄 알았던 거 같았다. 좋네요 좋네요, 이런 말을 몇 번 했다. 나나가 포기하지 않고 다시 말하자 두 번째는 이렇게 반응했다. "요즘 환율로 엔화가 얼마나 올랐는지 아세요? 나나 씨 축하드려요."

남자는 코로나 시대이니 축의금만을 받아도 되지 않느냐며 이왕이면 축의금으로 엔화를 보내시면 좋겠다고 덧붙였는데 물론 농담이라는 걸 나나도 알았지만……. 남자에게는 악의가 전혀 없었는데. 뭐랄까, 그것은 정말이지 재미있지가 않았다. 정확히는 불편했다. "그런데 어머니는 한국말을 하시나요? 일본어만 하시나요?" 남자는 잠시 나나의 시선을 느끼다가 "멋대로 어머니라고 말해서 미안해요" 덧붙였지만 나나에게 어머니라는 단어는 아무런 감흥을 주지 못했다. 나나는 남자에게 메일 내용의 대부분을 말했었다. 메일의 주인공이 이중국적자이지만 한국에서 유학을 했다는 점, 한국어로 메일을 보내왔다는 점까지. 남자는 나나의 이야기를 들은 걸까? 하지만 나나는 더 이상 말하지 않았다. "결혼할 때 그렇게 싸우다가 깨지는 경우가 많대." "나나야 네가 올해 벌써 서른여섯이다." "별난 것도 하루 이틀이다, 별일 아닌 걸로 별일 만들지 마라." 이런 말들이 나나 곁을 서성이며 지켜보고 있는 것만 같았다. 그렇게 나나는.

초조했다.

고마운 줄 알았는데 초조했던 거다.

초조해졌습니다. 그 뒤로는 한동안 고고장도 다니고 크럽이라고 써진 댄스홀도 다니면서 남자를 만나보겠다고 하던 시절이 있었던 것 같습니다. 지금 한국 소식을 보면 홍대가 인기인 것 같더군요. 이태원하고요. 제가 유학을 하던 시절에는 신사동에 주로 크럽이라는 곳들이 있었습니다. 지금은 강남이지요, 그곳이? 요즘을 보면 내가 알던 강남과는 사뭇 다른 것 같았습니다. 그곳엔 유명한 기획사와 피부과 들이 많이 있는 것 같더군요. 코로나 전에는 주변에서도 피부과 진료를 받으러 강남에 자주 가서 알고 있습니다. 일본에서는 피부과에서 그러한 진료 서비스를 받을 수가 없습니다. 아마 대만도 마찬가지지요. 코로나 이후엔 그 친구들이 굉장히 낙담하였죠. 요즘은 인터넷으로 한국 화장품만을 구매합니다만. 어쨌거나 그 친구들이 가끔 한국 김을 사다 주었습니다. 와사비맛 땅콩하고요. 재미있는 건, 아니 이건 어쩌면 귀하께는 불쾌할 수도 있는 말입니다만, 이 친구들은 내가 그렇게 한국에서 오래 살았다는 걸 잘 모르는 이들입니다. 한국에서 결혼했다는 것도 모르지요. 그러니 한국 김을 사다 주고 와사비맛 땅콩을 내밉니다. 어떤 경우엔 이렇게 몰라서 100퍼센트 선의를 발휘할 수 있을 때가 있습니다. 그것이 정말 선의야? 하고 물으면 바로 대답하긴 어렵겠습니다만, 이런, 말이 참 기이하게 흘렀습니다.

다시 결혼과 남자 이야기로 돌아가볼까요? 나는 어느 순간 남자를 만나러 다니는 걸 멈췄습니다. 귀하의 아버지를 만나서도 있겠지요. 하지만 멈춰선 건 이미 그 전입니다. 나는 신사동 크럽 거리를 지나다가 누군가를 보았습니다. 그 거리엔 내가 찾던 춤추고 술 마시는 크럽도 있었지만 조금 다른 기능을 하는 곳도 많았습니다. 그런 크럽은 주로 '독신녀' '과부크럽' '여인' 이런 이름이었어요. 독신녀와 과부와 여인을 강조한 건, 당신은 무슨 의미인지 알겠지요. 90년대엔 아마 다른 곳에서 이런 광경을 보았을 것입니다만, 네. 유리창 안쪽에 진열된 여자들이요. 하지만 또 달랐지요. 진열된 '아가씨'들과 달리 물론 독신녀와 과부와 여인 들은 전면에 나서진 않았습니다. 다만 지나가던 남자들의 팔짱을 끼고 설득하거나 명함과 같은 무언가를 건넸지요. 나는 바닥에 떨어진 종이가 명함인 줄 알고 주웠습니다. 돌려주기 위해서였습니다. 물론 그것은 크럽 독신녀의 전단 같은 것이었습니다. 그런데 나는 그것을 그날 돌려주지 못했습니다. 내가 그 작은 종이 쪼가리를 주워 건네려 했던 사람의 얼굴이 낯익었습니다. 동남샤프 TV 로고가 박힌 작업복을 입던, 남자로부터 '우리는 결혼할 수 없잖아'라는 말에 눈물만 흘리던 그 얼굴이었으니까요. 손에 《크럽 독신녀》를 들고서 나는 고개를 저어보았습니다. 내 앞에 선 여자가 고개를 갸우뚱하고 있었죠. 자세히 보니 동남샤프 TV 로고를 가슴께에 단 채 눈물 흘리던 그 얼굴이 아니었습니다. 그런데 대체 왜 난 그 얼굴을 보았다고 생각했을까요……. 나는 나조차도 가늠하기 어려운 나의 생각이 무례하다 느꼈고 얼른 그곳을 빠져나오고야 말았습니다. 사실 그 얼굴들 속에 내가 끼어들어 가는 게 무서웠던 게 아닐까, 집에 와서는 그런 생각도 했었지요. 이 일이 있고 얼마 후 나는 귀하의 아버지와 혼인합니다. 혼인은 남산 한옥 마을에서 한국식 전통 혼례를 했습니다. 한복이 너무 무겁더군요. 살아 있는 닭을 놓는 것도 저에게는 무서웠습니다. 언젠가 허난설헌이 주인공인 한국 드라마를 본 적이 있습니다. 허난설헌은 뛰어난 시적 재능으로 많은 시를 남겼음에도 그걸 질투한 남편 때문에 시집 한 권을 빼곤 모두 불살라 없어졌지요. 그 드라마에서 허난설헌이 원치 않는 결혼을 하는 장면이었을 겁니다. 수탉이 허난설헌을 향해 날갯짓을 하며 달려드는 장면이었습니다. 나도 모르게 몸을 웅크렸습니다. 그럴 거면 대체 왜 전통 혼례를 한 것인지 궁금하겠지요. 사실 그냥 그것이 공짜여서 한 것입니다. 그리고 또 하나, 결혼식 멤버 때문이었지요. "거긴 관광객들이 많아서 외국인인 너도 그냥 모두들 축하해줄 거야." 귀하의 아버지가 내놓은 아이디어였습니다. 결혼, 결혼식, 그리고 결혼식을 오는 사람들. 그 때 저는 그저 웃어 보였습니다. 네, 그때의 저는 단지 결혼을 꼭 해야만 하는 줄 알았으니까요. 그것도 결혼은 남자와만 해야 하는 줄 알았던 것입니다. 그것은 그냥 국가가 정한 법일 뿐이었는데 말이에요.

이 뒤로 한동안 메일은 오지 않았었다. 나나는 오래 메일을 기다렸지만 그뿐이었다. 답장을 하지 않았다. 나나에게도 일은 있었다. 나나는 그사이 결혼을 파기했다. 나나는 이번엔 자신의 짐과 남자의 짐을 분리해 공간을 파악하지 않았다. 그냥 자신의 짐을 덜어냈다. 결혼 파기라니, 대체 이게 무슨 일이냐? 아버지가 전화했을 때 나나는 답했다. 별일은 아니야.

그냥 주말의 일이었다. 이 문장이 좀 이상하지만 정말 그랬다. 결혼 준비를 하던 어느 주말, 남자는 일이 많아 피곤했는지 자전거를 타러 가지도 않았고 수영장에 가지도 않았다. 남자는 종일 집에 있었다. 나나는 그 주말 동안 남자와 종일 집에 있었다. 나나는 남자가 머리를 말리고 난 후 줍지 않은 머리카락을 주웠고 남자가 설거지를 하고 치우지 않은 음식물 쓰레기를 처리했다. 나나는 끼니마다 갓 지은 따뜻한 밥을 먹어야 한다는 남자를 위해 쿠쿠 밥솥을 하루 세 번 씻었다. 몇 년째 고기를 먹지 않는다고 말하는 나나에게 몇 년째 고기를 권하는 남자와 집 앞 삼겹살 식당에 갔다. 나나는 열심히 고기를 구웠고 남자에게 권했고 자신도 좀 먹었다. 나나는 일요일 새벽 혼자가 되어 거실 소파에 앉으며 그저 주말이 지나갔구나 중얼거렸다. 나나는 남자와 언성을 높이지 않았다. 다만 나나는 그 주말 화장실을 평소보다 두 배 정도 자주 갔다. 먹지 않은 순간에도 위장은 일을 하는 것처럼 큰 소리를 냈다. 과민성 대장 증후군은 스트레스가 원인이라는 의사의 말이 계속 떠올랐다. 하지만 그저 주말이었다. 싸움도 없는 그 주말이 지나고 나나는 위장 통증을 잊었다. 다만 생각 하나가 통증보다 더 오래 남았는데 경아 씨와 영소 씨를 만났던 그 오키나와에서의 기억이었다. 영소 씨는 그때 어머니에 대한 이야기를 하면서 5·18 때 아버지를 잃고 홀로 영소를 키웠다고 했었다. 그러면서 영소 씨는 하지만 그게 엄마의 거짓말이라는 것도 안다고 했었다. "그게 무슨 소리예요?" 경아 씨가 먼저 반응했는데 영소 씨는 여느 때보다 맑게 웃으며 말했었다.

"그해 5월에 엄마가 사랑하는 사람뿐 아니라 엄마 친구 중 한 명도 실종되었거든요. 그 친구가 나를 낳아준 사람이래요. 엄마는 이걸 내가 안다는 사실을 모르지만요."

그 오키나와 통역 여행의 마지막 날, 사람들과 함께 경자 씨가 한다는 식당에서 밥을 먹기로 했었다. 실제로 만난 경자 씨에게 나나가 통역을 맡았던 팀의 누군가가 여자 혼자 아이 키우는 게 대단하다, 어쩌다…… 남편을 정말 사랑

했나 보다, 어쩌고……를 시작했고 그 말의 끝은 더 가관이었다. "요즘 한국 여자들 좀 배워야 돼, 정절을 지켜야지." 오키나와 맥주를 한 사발 들이켠 40대 아저씨가 그런 말을 했을 때였다. 한 잔이라도 더 팔면 이익이 될지도 모르는 상황이었지만 경자 씨는 그 남자의 술잔을 딱 뺏으며 그런 말을 했던 것이다.

"시작은 그 사람과의 사랑일지 모르지만 그 과정과 결과는 나, 김경자가 만들었어요. 취하셨으면 그만 가시죠. 그리고 의리는 왜 여자 혼자 지켜요? 그런 건 지키고 싶은 사람이나 지켜요." 그때 나나는 경자 씨에게 경외심마저 느꼈었다. 하지만 어느새 나나는…… 거기까지 생각하던 나나는 누가 앞에 있지도 않은데 세차게 고개를 저어 보였다. 아니야, 아무리 그래도 사랑하지도 않은 사람과 내가 결혼을? 일단 사랑은 분명히 해, 그냥 시기를 앞당긴 거지! 나나는 그런 혼잣말까지 소리 내어 했다. 그렇게 남자와 나나는 그다음 주말에도 종일 집에 있었다. 남자는 가정적인 남편이 되고 싶다는 말과 함께 나나에게 등산을 권유했다. 나나는 자신의 아랫배를 지속적으로 찌르는 누군가와 함께 다니는 기분이 되었다. 돌부리를 차며 산을 오르면서 나나는 자신이 이 남자와의 시간을 어떻게 견뎠는지 알 수 있었다. 나나는 평일에 주로 집에서 논문을 읽고 쓰거나 번역 원고를 들여다보았다. 평일 낮 시간 종일 홀로 있었다. 나나는 자신이 결혼을 준비하며, 내내 남자와 붙어 있으면서 논문을 한 줄도 읽지 못했고 책 위에는 먼지가 쌓이고 있다는 사실을 깨달았다.

혼자가 되고 싶다.

나나는 그런 생각을 하고 있었다. 나나의 어두운 표정을 보고 남자가 이유를 물었을 때에도 나나는 순순히 그 이유를 답했다. 혼자 있고 싶다고. 답답하다고. 나나는 끼니를 갓 지은 밥으로 먹지도 않고 빵이나 김밥, 떡볶이로 먹는 게 무리가 아니라고 말이다. 누군가와 늘 붙어 있는 것으로 다정함을 확인하는 것은 좀 억지인 것 같다고도 했다. 나나의 말에 남자는 마치 공기가 가득 든 풍선에 바람이 한 번에 빠져나가는 것처럼 피식, 하고 웃더니. "나나 씨. 두 사람이 하나가 되는 게 결혼이잖아요. 당연히 내 절반을 희생해야죠. 전처럼 내 시간 다 누리겠다는 건 이기적인 거잖아요?" 이렇게 말했다. 나나는 하마터면 그 말에 깊게 고개를 끄덕일 뻔했지만 깊은 마음속에서는 이런 목소리가 치고 올라왔다. 그러면 너는 내가 너를 위해 날마다 밥을 하고 집 안을 치우고 살던 곳을 포기하고 움직인 건 어떻게 생각하는데? 그건 희생이 아니라 당연한 거야? 나나는 이 말을 끝내 꺼내어 하지 못했다. 남자가 곧장 한마디를 더 얹었기 때문이다. "나나 씨는 그리고 평일에 줄곧 혼자 있잖아요, 일하는 것도 아니고 책 읽고 번역하는 게 전부인데 집에서 시간 많지 않아요?" 나나는 잠자코 입술을 말았다. 남자는 나나가 책을 읽고 논문을 쓰고 번역을 하고 집에서 살림을 하는 건 일이라고 생각하지 않는 모양이었다. 나나가 그렇게 한동안 말이 없자 남자는 잠시 나나의 기색을 살피더니, 그렇지만 나나가 원한다면 자신은 결혼 후에 도서관에서 책도 빌려 보고 카페에 가서 책도 읽어보겠다고 했다. '다 나나 씨를 생각해서예요.' 남자가 얼마나 이 말을 꺼내고 싶어 하는지 나나는 너무나 알 것 같아서 고개를 돌리고 생각을 멈췄다. 나나는 남자와 여전히 언성을 높이지 않았다. 그래, 좋은 사람이구나. 나나가 고개를 끄덕이자 남자가 웃었다. 그러나 나나는 그 웃음을 끝까지 함께할 수 없었다. 그로부터 일주일 후 나나는 최종적으로 그 집에서 나왔다. 물론, 그렇게 되기까지도 별일이 있었던 건 아니었다. 역시나 그랬다.

오랜만에 메일을 보내는군요. 그동안 나는 오래 나와 함께했던 파트너가 입원을 하여 돌보고 있었습니다. 도쿄에서는 구에 따라 동반자법이 가능합니다. 내 파트너는 이제 60대가 아닌 70대로 넘어가는 여성입니다. 그래요, 나는 도쿄에 온 이후에야 내가 동성을 사랑하는 사람이라는 것을 인정했습니다. 어쨌거나 내 파트너는, 그 시대 여성들이 대부분 그러하듯 젊은 시절 대접받지 못한 까닭에 몸의 이곳저곳이 아프더군요. 마음이 좋지 못했습니다. 2011년 3월 11일을 귀하도 기억하지요? 귀하는 아마 텔레비전으로 쓰나미에 잠기는 센다이 지방을 보고 있었을 것입니다. 나는 연구실을 뛰쳐나와 대학 캠퍼스 한가운데서 학생들과 숨을 죽이며 그 시간을 보냈습니다. 조금 특이한 기분이 들긴 했어요. 가령, 내가 죽으면 대만의 가족에게 연락이 갈까? 아니면 한국의 당신에게? 뭔가 동아시아가 연결된 기분의 비장함이로군요. 하지만 그런 내가 가장 먼저 한 일은 파트너에게 전화를 건 일입니다. 그다음엔 파트너의 딸이자, 나의 가족이기도 한 세츠에에게 전화를 걸었습니다. 두 사람 모두 전화는 내내 불통이었고 나는 잔뜩 불안한 마음을 달래며 도쿄 시내를 반나절 걸어서 외곽의 집으로 돌아갔습니다. 귀하께는 미안하지만 그날 나는 귀하에 대해 더는 생각하지 않았어요. 죽음이 목전인 가운데서 가장 오래 떠올린 건 내 파트너와 파트너의 딸이었지요. 그래서 이제 나는 하나를 결심했어요. 이 사람과 나만의 작은 웨딩 세리머니를 해보고 싶다고 말이에요. 왜 지금까지 나는 세상의 눈치를 보며 이 사람과의 사랑에 축하 파티를 열지 못했을까요? 하고 싶었습니다. 처음으로 웨딩 세리머니를, 진심으로요. 그리고 그곳에 귀하를 초대하고 싶습니다.

그래요. 메일을 보내기 전 아주 오랜 시간이죠. 30여 년 동안 귀하에 대해 생각했습니다. 아니요, 어쩌면 귀하가 아닌 내 행동에 대해서요. 내가 메일을 보낸 것이 옳은가에 대해서 말입니다. 나는 88년 올림픽이 끝날 무렵 귀하의 아버지와 이혼하였습니다. 그때 나는 박사 후 과정을 도쿄대에서 밟을 수 있다는 연락을 받았지요. 귀하의 아버지는 귀하를 타국에서 키울 수 없다고 했습니다. 나는 혼자 일본에 다녀오겠다고 했습니다. 귀하의 아버지는 내 뺨을 때렸습니다. "넌 이 아이의 엄마잖아, 어떻게 그런 말을 해! 내가 일순위가 아닌 건 괜찮아, 그래도 아이는 네 전부여야지!" 귀하의 아버지가 내게 한 말은 그거였습니다. 오래 생각했습니다. 그 장면을 말이에요. 귀하가 내 뺨을 때리며 그 말을 했다면 달라졌을까 말입니다. 그것도 아니라면 적어도 귀하의 아버지가 그때, "어떻게 나 혼자 아이를 키우라고 그래! 내 곁에 있어줘!" 했다면 말입니다. 솔직하겠습니다. 나는 뺨을 맞고 주저앉지 않았습니다. 당신을 업었고 자신을 지키기 위해 있는 힘껏 책을 내던졌습니다. 싸움이 격해졌고 귀하의 아버지가 내 목을 졸랐습니다. 그때 나는 귀하의 아버지에게 심한 공포감을 느꼈고 차마 하고 싶던 이 말을 하지는 못했습니다. 그렇습니다만, 혼자 중얼거리긴 했습니다. "좋은 사람이 되고 싶은 건 좋지만 타인을 나쁜 사람으로 만들어서 좋은 사람의 위치를 점하는 것은 위험합니다……."

한국에 간 적이 없다고 했지만 고백해보겠습니다. 나는 97년도에 한국에 들어간 적이 있습니다. 내가 대만 일본 이중국적자라서 가능한 일이었지요. 나는 그해는 적어도 일본인이자 한국인과 결혼한 경험이 있는 사람으로서 한국 땅의 방문을 허락받았습니다. 참, 결혼이라는 게 한국에서는 대단하긴 하더군요. 어쨌거나 그해는 김대중 정권이 들어서고 드디어 일본 대중문화 개방이 시작되었던 해입니다. 오래 한국의 대중문화 연구를 했던 나는 초청을 받았지요. 그러나 내가 한국행에 응한 것은…… 귀하가 생각났습니다. 나나가 열셋이구나 하며, 한국에서도 유명해진 펑리수라는 대만 과자를 먹여보고 싶어 준비했어요. 우습지요, 그렇게 오래 일본에 살았는데 뜬금없이 펑리수라니요. 나는 귀하가 다니던 초등학교 앞에서 귀하를 보았습니다. S.E.S.라는 그룹이 해서 유행했던 높게 묶은 포니테일 스타일 머리를 하고 있더군요. 귀하는 교문에서 곧장 이어폰을 꽂은 후 학원으로 향했습니다. 나는 펑리수가 든 종이가방을 쥐고 낯설기 짝이 없는 초등학생의 뒷모습을 오래 지켜보았습니다. 지금까지도 나는 그때 귀하에게 말을 걸지 않은 걸 다행이라고 여겨요. 그 순간 알았거든요. 그때 다짜고짜 당신을 만나는 것은 순전히 내 욕심이고 폭력이었죠. 지금처럼 같은 연구자의 길을 걸어 관심 분야로 할 말이 있는 것도 아닌데 말입니다.

그날, 내가 했던 기묘한 경험 하나를 덧붙여 이야기해 보고 싶습니다. 귀하를 본 날 나는 한국에 살 때 가본 적도 없는 경기도의 중소도시로 내려가 하룻밤을 묵었습니다. 어쩐지 귀하를 보고 나니 내가 한국에 다시는 오지 않을 거 같았죠. 한국에 살 때 서울 빼고는 여행조차 가본 적 없었으니까요. 한 번쯤 서울을 벗어나보고 싶었습니다. 막상 서울을 벗어나자마자 조금 놀랐었습니다. 도쿄만큼이나 서울도 중심부에만 무언가가 잔뜩 몰려 있구나 싶었던 거지요. 그날 밤, 딱히 술도 먹지 않고 놀러 나가지도 않은 내가 심심해 보였는지 여관의 주인 할머니가 다방에서 커피를 시키며 내게도 한잔 권유한 기억이 납니다. 그때 다방에서 온 여자분은 몹시 들떠 보였습니다. 왜냐고 물으니 내일 오래 알던 남자와 살림을 꾸린다는 말을 하더군요. "혼자 살아라, 정말이지 혼자가 최고다. 여자는 충분히 혼자 살 능력이 되는 인간들이거든, 왜냐고. 평생 누군가 수발 들어줬거든. 아주 일이 몸에 착착 붙어버렸지. 늙으면 더 잘 알게 돼!" 이렇게 말하며 돌아앉던 여관의 주인 할머니 앞에서 그 여자분이 했던 말이 떠오릅니다.

"남자들, 모두가 나를 사랑한다고 했지만 누구도 나와는 결혼하지 않는다 했어요. 그들이 대는 핑계는 같았어요. 내가 다방 레지이고 시골 출신의 대학도 못 나온 여자라서 엄마 될 자격이 없다는 거였죠!"

"오, 굉장히 웃기는 남자들이군요. 신경 쓰지 마세요. 당신은 충분히 멋있어요, 누구하고도 사랑할 수 있을 만큼이요."

내 말에 여자분이 조금은 웃었습니다.

"놀라지 마세요, 두 분. 나, 사실은 내일 나랑 결혼해요! 김수현 드라마 보셨나요? 배종옥이 맡은 첫째 딸처럼 되고 싶어요. 내 할 말은 다 하고 사는 사람이요! 남자와 결혼하지 않고 사는 그 첫째 딸 말이에요!"

주인 할머니는 “아이고 그거 다 드라마지, 현실이냐 어디. 여자가 무슨 말이라도 할라치면 ‘너는 입만 다물면 완벽하다’고 면박 주는 게 남자 놈들이다!” 그러면서도 “그래, 남자보단 너랑 결혼하는 게 낫다” 하시면서 주말 연속극으로 채널을 맞춰주더군요. 그때 이런 생각이 들었어요. 내가 대중문화를 연구했던 것도, 그러니까 가령 내가 덩리쥔이나 김치켓 시스터즈, 모리타 도지 같은 사람을 좋아했던 것도 여성으로서의 당당한 모습에 마음이 끌린 게 아니었을까 하는 것 말이에요. 그런 생각 끝에는 그 여성분의 자신과의 결혼식을 진심으로 축하하는 마음이 담겼습니다. 그리고 그다음 날, 나는 펑리수를 결혼식 선물로 건네달라 하였어요. 마음으로는 항상 그 여자분의 결혼식 멤버이니까요.

이걸 왜 말해주고 싶었을까요. 글쎄. 나는 가끔 그런 생각을 합니다. 앞서도 말씀드렸습니다만, 국가와 가족은 참 비슷합니다. 한 명의 권력자와 그에 순응해야만 하는 피지배자. 그리고 그 구조에서 빠져나가려 하는 사람들이 겪는 따가운 시선과 불이익들과 같은 것 말이지요. 그런가 하면 국적과 결혼도 엇비슷하지요. 국적은 나를 증명하는 가장 명백한 방법이고 누군가에겐 결혼도 사랑을 증명하는 가장 쉬운 방법이지만, 대만인이자 일본인이며 한국에서 오래 살았던 나의 간극을, 당신을 두고 떠나간 나의 어떤 마음을 절대 다 설명할 수는 없으니까요. 물론 이 말이 나를 이해해달란 말은 절대 아닙니다. 물론 웨딩 세리머니에 오지 않아도 당연히 좋습니다. 다만…… 나는 말이에요. 이 메일을 드디어 쓰기로 결심한 순간들엔 어쩌면 내가 이런 이야기들을 하고 싶은 게 아닐까 싶었어요. 뭐랄까요. 귀하와 내가 생물학적이 아니더라도, 국적이 아니더라도, 국가가 정한 가족 관계가 아니더라도…… 무언가 끝없이 이어지고 반복되는 어떤 틈새에서 연결되고 있다고요. 이 메일은 결국 그래서일지도 모르겠습니다.

오랜만에 다시 온 그 사람의 메일에서 무언가 이어지고 반복되고 있다는 문장을 읽었을 때 나나는 자신이 결혼을 파기하자고 했던 그 주말의 일이 떠올랐다. 그때 나나는 남자에게 무슨 말을 했더라? 아, 떠올랐다. 그것은…….

"그랬구나."

너는 정말 좋은 사람이 되고 싶은 거구나. 나나가 그 집을 나오면서 남자에게 한 말은 그거였다. 별일은 아니었다. 아니, 이건 좀 별일인가.

결혼 파기 직전 어느 주말 나나와 남자는 영화를 보러

가기로 했다. 결혼 준비 때문에 너무 처박혀 있는 기분이라는 남자의 말에 외출을 한 날이었다. 함께 영화를 고르면서 나나는 무언가 어색하다는 생각이 들었는데 3년을 사귀면서 남자와 함께 영화관에 온 적이 거의 없었기 때문이었다. 아직 사귀기 전 나나는 남자와 영화관에 갔다가 다신 오지 말아야겠다는 생각을 했었다. 남자는 자신이 본 영화에만 유독 큰 관심을 갖는 사람처럼 보였다. 거기에서 그치지 않고 괜찮다는 나나에게 자꾸만 자신이 봤던 영화의 장단점을 설명하려고 했었다. 나나는 '당신도 나도 영화에 큰 관심이 없는데 왜 그렇게까지 나에게 그런 말을 하려고 하세요?' 이 말이 목까지 차오르는 걸 느꼈다. 나나는 당시 남자와 헤어지고 집으로 돌아가면서 이제 그만 만나자는 메시지를 썼었다. 다분히 의례적인 문장이었다. '당신은 좋은 사람이지만 우리는 잘 맞는 것 같지가 않아요.' 물론 나나는 그때 그걸 보내지 못했다. 아버지에게 전화가 걸려왔고, "너 올해 나이가 몇인 줄 아는 것이냐" "지금 준비해도 노산이란다" "너도 편하게 연구해야지 않겠니" 이런 말들을 들었던 것이다. 아버지와의 전화를 끊은 나나는 다음날 만나자는 남자의 제안을 받아들였다.

영화가 시작되기 전 화장실을 다녀오겠다는 남자의 핸

드폰을 맡게 된 나나는 오래전 헤어진 남자의 전 여자 친구에게 오는 카톡을 보게 되었다. 비밀번호가 잠겨 있지 않은 남자의 핸드폰은 메시지가 그대로 노출되는 형태였다. 나나는 역시나 큰 동요를 하진 않았다. 다만 나나는 남자와 전 여자 친구의 대화를 다 읽었다. 아무런 오해가 없는 대화였다. 오랜만에 안부를 묻는 전 여자 친구에게 자신은 잘 지낸다며 너도 잘 지내라는 남자의 대화는 길지도 않았다. 나나는 질투가 나거나 배신감이 들거나 하지 않았다. 그런데 왜 나나와 결혼한다는 말은 하지 않았을까? 나나가 그걸 물었을 때 남자는 나나가 질투한다고 생각하여 조금 기뻐한 기색을 보인 후 그래도 메시지를 본 것에 대해선 사과를 요구했다. 나나는 순순히 사과했고 질투가 아니라는 것을 해명하지도 않았다. 다만 나나는 잠시 후 다른 것을 물었다. "그런데 왜 당신은 저와 결혼을 결심하신 거예요?" 남자는 갑작스러운 나나의 질문에 미소를 한번 떠올리고 이렇게 답했다. "나나 씨는 사고 칠 사람은 아니잖아요. 뭐, 요즘은 바람도 돈 있는 사람들이나 하는 거지만요."

그놈의 돈 돈, 또 시작이네, 나나는 하마터면 그런 말을 내뱉을 뻔했지만 얼른 입을 앙다물었다. 남자는 그제야 장난이라며 "우리 나이도 이제 결혼할 나이고요, 나나 씨 유전자도 나쁘지 않아 보이고요. 아이 생각해야 하니까요"라고 덧붙였다. 마침 영화가 시작한다는 안내원의 말에 남자는 얼른 들어가자며 나나에게서 팝콘을 가져가 들었다. 운동으로 잘 다져진 남자의 뒷모습을 보며 나나는 자신도 모르게 이런 혼잣말을 중얼거렸다.

너는 좋은 사람이 되고 싶은 사람이었구나……. 그런데 좋은 사람이 되고 싶은 사람이 나쁜 건가? 아니지.

하지만 그는 누구에게도 피해를 주지 않은 '좋은' 사람인가? 그렇게 또 생각했다. 자신에게 묻는 그 물음 앞에서 나나는 쉽게 답이 떠오르지 않았다. 다만 이런 생각이 들었다.

어쨌거나 나는 그런 좋은 사람이 되고 싶은 사람과 결혼한 사람이 되고 싶었구나. 어쩌면 좋은 사람의 기준이 '유전자'일지도 모르는, 그런 사람 말이다.

그리고 다시 생각했다. 누군가에게는 정말 그가 좋은 사람일 수도 있을 것이고 또 누구에게는 별로일 수도 있겠지만, 적어도 지금의 나는,

남들에게 좋은 사람 말고 내가 좋은 사람과 살고 싶다, 그렇게 그냥 나는 내가 되고 싶다. 그러니까,

이제 그만해야겠다.

귀하에게.

안녕하세요. 저는 임나나입니다. 당신의 생물학적 딸로 추정되는 임나나예요. 이런 소개, 쓰다 보니 조금 재밌어요. 사실 저는 귀하가 저의 생물학적 어머니이든 아니든…… 그건 상관이 없는 것 같기도 하거든요. 언제부터인가 그런 생각들을 했어요. 친엄마라는 건 친한 엄마의 줄임말이어야 하지 않을까, 이런 거요. 그런 의미에서 귀하는 제게 친엄마일 것 같고요.

저는 얼마 전 오래 준비한 결혼이 취소되어 결혼 상대자였던 남자의 집에서 나오는 길입니다. 이렇게 나오게 되면 너무나 많이 힘들 거라고 생각했는데 막상 지금은 너무나 홀가분합니다. 당장 오늘 저녁부터 '아무거나 괜찮'지만 집밥이어야 하는 사람에게 밥을 안 챙겨주어도 된다는 게 너무 마음이 편합니다. 물론 시간이 지나면 불안한 마음에 또 다른 남자를 찾고, '네 나이가 몇이니'라는 사람들의 말에 이 사람이 내 사람이라고 우겨가며 결혼을 진행할지도 모를 일이지만요.

우선 파트너분과의 웨딩 세리머니를 축하드려요. 저는 잔여백신을 예약해서 맞아둔 덕에 참석이 가능할 것 같아요. 그런데 저도 귀하를 초대해도 될까요?

저는 저 자신과 결혼하기로 했어요. 말로만 한다는 게 아니고 정말, 저와의 결혼식을 하려고 해요. 드레스는 이미 봐둔 숍이 연남동에 있답니다. 그래서 지금부터 저의 부탁입니다. 이 부탁을 위해 메일을 썼다 해도 과언은 아닐 거예요.

귀하께서 제 결혼식에 와주세요. 귀하가 '나', 임나나의 결혼식의 멤버가 되어주세요. 어머니로서가 아니라 제가 초대한 귀하로서 와주세요. 평리수만 보내는 것은 사양이에요. 이유는 간단해요. 나는 이제 나와 같은 이야기를 하는 사람과 조금 더 대화를 나눠보고 싶어요. 그래서 나는 그냥 귀하와 이야기를 나누고 싶어요. 우리는 좋은 '결혼식 멤버'가 되지 않을까요?

나는 그렇게 귀하를 알고 싶습니다.

귀하의 귀하로부터,

임나나 드림

나 홀로 창가에 기대 앉어 부르는
눈물의 멜로디 가슴을 파고드네
나를 외로웁게 하네 지나간 일이라고
잊으려고 웃어봐도 내 맘속에 새로워

지금은 모두가 사라져가는
달빛 파도같이 푸른빛 속에
내 가슴속 깊이 상처만
남겨놓은 사랑의 그 역사여

— 김치켓, 〈사랑의 역사〉 중에서

작가 노트

이 소설만큼 간결하게 작가 노트를 쓸 수 있는 글이 또 있을까 싶다. 이 소설은 내가 시간강사연구지원사업으로 받았던 한국연구재단의 연구지원금으로 수행한 연구를 소설적인 방식으로 풀어보려고 했던 시도다. 연구에 대한 이야기를 작가 노트에 자세히 쓰긴 어렵지만, 아주아주 범박하게 말해보자면 그 연구는 동아시아의 결혼 제도와 인식에 관련한 것이었다.

그런가 하면 비혼주의자가 아닌 사람으로서 '결혼'이라는 것에 대해 생각해보며 쓴 글이기도 하다. 결혼을 결심하든 하지 않든 일정 나이가 지나면 '결혼'이라는 질문에서 벗어나기가 힘든 사회라는 생각이 든다. 결혼이 사랑의 해피엔딩이 아니라는 것은 많은 사람들이 인정하지만 그렇다고 해도 결혼에서 벗어날 수 없어 하는데, 그 이유는 역시나 결혼 제도가 주는 강력함 때문일 것이다. 그 제도에서 벗어날 때 당할 불이익과 위험성은 그 제도에 들어갔을 때보다 크기 때문에. 그러나 이 결혼 제도 또한 '이성애' 그리고 '특정 나이대'에 인식이 머물러 있기에 이 조건에서 벗어난 사람들은 영원히 사회의 어떤 면에서 배제되는 결과가 초래된다.

가령 이 소설의 인물들의 경우처럼.

한국 사회는 20~30대의 여성과 남성이 이성애 관계로 만나 자녀를 갖는 형태의 가족을 '정상 가족'이라고 생각한다. 그러나 이 정상 가족은 다른 형태의 모든 가족을 '비정상 가족'으로 만든다. 하지만 생각해봤다. 우리는 정상 가족 안에 들어가지 못하면 전부 불행해질까? 그렇다면 정상 가족 안에 들어가면 우리는 행복할까? 정상 가족 안에 들어가지 못해서 불행한 게 아니라 정상 가족이라는 범주가 그 바깥의 사람들에게 불행을 촉발시키는 게 아닐까?

퀴어 커플, 재혼 커플, 한부모 가정 등 현실에는 여러 형태의 커플들이 있고 또 이들이 이룬 가정이 있다. 이 중에서 남성과 여성이 만나 이루는 커플만이 환영을 받는다면 오히려 세상 많은 사람들이 불행한 형태로 남을 수밖에 없다.

나는 모든 형태의 가족과 사랑의 방식을 다루고 싶었고 특히 한국 사회가 요구하는 '모성애의 증명 방식으로서의 인내'가 통하지 않는 딸과 엄마의 관계에 대해 그리고 싶었다. 딸과 엄마라고 해도 각자의 방식으로 사랑을 할 수 있고 인생을 꾸려갈 수 있다는 것을 말하고 싶었다. 이것은 모성애와 전혀 상관이 없다는 것 또한 말하고 싶었다.

그리하여, 이 소설의 처음이 시작되었던 것 같다. 그러니까, 엄마의 웨딩 세리머니에 초청을 받는다면 어떨까? (저는 신날 것 같습니다, 참고로.)

웨딩 세리머니라는 말을 쓴 이유는 결혼식이라는 단어에 적합하지 않은 파티를 생각했기 때문이었다. 이 소설을 읽으시는 분들도 그냥 딸과 엄마, 이들 각각의 웨딩 세리머니를 즐기면 좋겠다는 생각도 더불어 했다.

그때도 지금도 우리는

조우리

2011년 제10회 대산대학문학상을 수상하며 작품 활동을 시작했다.
경장편소설 『라스트 러브』와 소설집 『내 여자친구와 여자 친구들』 『팀플레이』가 있다.

엄마가 응급실에 갔다는 소식을 들었을 때, 가장 먼저 떠오른 건 이제 와서 예약한 비행기와 호텔을 취소하면 예약금 거의 전부에 해당하는 취소 수수료가 부과된다는 사실이었다. 오래 계획을 세워 준비한 여행의 출국 날이었다. 공항으로 출발하기 위해 차 뒷좌석에 캐리어를 싣는데 전화가 걸려온 것이다.

"별거 아니다. 그냥 알아나 두라고 전화한 거야."

처음엔 소화가 좀 안 되나 싶었는데 복통이 점점 심해져서 결국 구급차를 불렀다는 엄마는 맹장 수술을 해야 한다고 했다. 나는 엄마가 겪고 있을 아픔의 강도를 헤아려보려고 했지만 감이 잘 오질 않았다. 맹장의 위치가 오른쪽인지 왼쪽인지도 몰라서 양쪽 옆구리를 번갈아 쓰다듬으면서, 엄마의 목소리에서 힌트를 찾아보려고 귀를 기울였다.

"보호자가 꼭 필요한 것도 아니라대."

엄마의 발음은 또렷했고 호흡도 흔들림이 없었다. 심지어 내 대답은 듣지도 않고 "그럼 이만" 하고 전화를 끊어버리기까지 했다. 휴대폰 액정이 까맣게 어두워지는 것을 물끄러미 바라보다가 울컥, 억울한 마음이 들었다.

엄마도 내가 식중독에 걸려서 토사곽란을 일으키고 있을 때 계모임 친구들하고 설악산에 가지 않았었나? 엄마도 내가 얼마나 아픈지 몰랐잖아. 배고프다고 아무거나 먹지 말고 이온음료나 마시라는 말만 남기고 가버렸잖아.

그건 내가 중학생 때의 일이었다. 서른이 넘어 아직도 그 때의 원망을 간직하는 게 맞나, 그것도 수술을 해야 한다는 엄마를 두고서. 나는 내가 얼마나 못된 딸인 건지 가늠이 잘 안되어서 주차장까지만 배웅하기로 했던 상미를 붙잡고 물었다.

"엄마가 내일 아침에 맹장 수술 한다는데 보호자는 꼭 필요 없대. 어떻게 생각해?"

상미는 이별을 언급하며 싸울 때에도 보인 적 없는 싸늘한 눈빛으로 나를 바라보았다.

"자기는 맹장 안 터져봤지? 난 터져봤어. 그거 되게 아픈 거거든."

"아니, 엄마가 직접 그랬다니까. 그리고 특가 예약한 거라서 지금 비행기랑 호텔 취소하면 환불도 안 되고……."

여행 계획을 세우는 나를 도와주겠다며 가격이 저렴한 대신 환불 수수료가 어마어마한 특가상품만 골라 권했던 게 상미였다. 알뜰한 상미, 숫자 계산이 빠른 상미가 바쁘게 눈을 깜빡였다. 나는 얌전히 두 손을 모으고 상미의 처분을 기다렸다. 상미의 결정에 따라 나는 매정한 불효녀가 되거나 그동안 모은 여행 자금을 고스란히 날리게 될 터였다.

"일단……."

오래 벼른 출국 날에 딱 맞춰 터진 엄마의 맹장처럼, 거짓말 같은 일이 벌어졌다. 상미가 사이드미러에 제 행색을 한 번 비춰보더니 그대로 조수석 문을 연 것이다.

"일단 공항까지 가면서 좀만 더 생각해보고…… 정 안 되면 내가 병원에 가볼게."

"정말? 자기, 정말 고마워!"

"아니, 생각은 해본다니까."

나는 상미의 생각이 다른 수를 찾아내기 전에 얼른 엄마에게 문자메시지를 보냈다.

—엄마, 상미가 갈 거야. 엄마 보호자로.

운전석에 앉아 내비게이션에 목적지로 인천공항을 입력했다. "어머니 많이 아프시대?" 묻는 상미에게 "괜찮다던데"라고 대꾸하고서야 떠올랐다. 새로 장만한 빨간 등산복 점퍼를 입고 배낭을 둘러멘 엄마에게 "내 걱정은 하지 말고 재미나게 놀고 와" 하고 말했던 내 목소리도 내가 겪고 있던 아픔과 상관없이 꽤나 씩씩했다는 것이. 방금 전 들었던 엄마의 목소리처럼.

검사를 받는 중인지 답장이 없던 엄마는 공항에 거의 다 도착할 즈음 전화를 걸어왔다. 휴대폰과 블루투스로 연결되어 있는 차 내부의 스피커에서 전화벨 소리가 흘러나오자 상미는 눈에 띄게 긴장을 했다. 나는 핸들에 있는 수신 버튼을 누르기 전 상미에게 말했다.

"걱정 마, 우리 엄마 자기 좋아하잖아."

"내가 간다고 벌써 말씀드렸어?"

"어…… 내가 말 안 했나?"

상미가 한 소리 하기 전에 얼른 수신 버튼을 눌렀다. 나를 타박하는 상미의 말 대신 자신의 맹장을 구박하는 엄마의 목소리가 차 안을 채웠다.

"이깟 거, 너 여행 가는 줄 미리 알았으면 말도 안 꺼냈을 거다."

도대체 지금 맹장이 터질 게 뭐냐고, 엄마는 연신 투덜댔다. "쓸데없이"라고 몇 번이나 말했다. 어차피 떼어내고도 사는 거, 죽고 사는 데에 하나도 쓸데없는 맹장 같은 거, 이미 한 30년 전에 터지고 없는 줄 알았다고. 멀쩡한 맹장이 붙어 있는 줄도 몰랐는데 그게 하필 지금 터지고 난리라고.

"맹장이 언제 터질지 미리 아는 사람이 어디 있겠어."

"지랄이다, 진짜. 괜히 상미까지 신경을 쓰게 만들고."

"엄마, 엄마 마음 잘 알겠고. 스피커폰이니까 상미도 다 알 거야."

"아이고, 상미야! 안 와도 된다!"

엄마의 목소리가 한층 더 커지자 조수석에 앉은 상미가 나를 흘겨봤다.

"아니에요, 어머니. 저 괜찮아요."

상미는 하나도 괜찮지 않은 얼굴이면서 매끄럽게 말을 이었다.

"아프시면 참지 마시고 진통제 놔달라고 하세요. 제가 윤주 공항 들어가는 것만 보고 금방 갈게요."

능숙한 사회인의 모습이었다. 아무래도 상미는 엄마를

비즈니스적인 마인드를 갖고 대하기로 결심한 듯했다. 나도 모르게 새어나오는 웃음을 상미에게 들키지 않기 위해 입가에 잔뜩 힘을 주고 액셀을 밟았다.

방콕공항에 도착하자마자 휴대폰부터 켰다. 다른 빈 자리가 없어 1인실로 입원 수속을 하고 있다는 것이 출국 전에 들은 마지막 소식이었다. 상미로부터 어떤 한탄과 원망의 말이 도착해 있을지 가슴이 두근거렸다.

지금까지 엄마와 상미가 만난 건 겨우 한 손에 꼽을 만큼이었다. 그중에서도 내가 없는 만남은 한 번도 없었다. 그런 두 사람이 그저 둘이서만 한 공간에 있다니. 그런 일은 지금껏 없었고 앞으로도 일어날 리 없다고 생각했다. 혹시 그럴 일이 있다면 내 장례식 정도일까… 농담 반 진담 반으로 이야기했었는데. 이거 처음부터 난도가 너무 높은 거 아닌가 걱정이 되면서도 무슨 일이 벌어졌을까 기대가 됐다.

이런 생각을 할 때 내가 짓는 표정이 있다고, 상미는 질색을 하면서 말하곤 했다. “으이그” 타박하는 소리를 내면서도 눈을 빛내며 미소 지었다. 상미가 보고 싶었다. 상미에게 내 얼굴을 보여주고 나를 바라보는 상미의 얼굴을 보고 싶었다. 우리가 늘 하는 시답잖은 농담을 또다시 반복하면서. 약속이라도 한 것처럼 같은 순간에 웃음을 터뜨리면서. 하지만 지금 내 옆에 상미가 앉아 있지 않다는 사실이 슬픈 것은 아니었다. 가끔씩 나는 여기에, 상미는 저기에 있는 것. 그것이 우리가 함께 있는 방식 중 하나였으므로.

상미에게서는 두 개의 메시지와 하나의 동영상이 도착해 있었다.

—수술은 내일 아침 11시에 하기로.

—어머니 기타 치시는 거 알고 있었어?

동영상 속 엄마는 어느 호수공원 야외무대에서 통기타를 치며 노래를 부르고 있었다. 적지 않은 수의 관객들이 엄마의 노래를 듣고 있었다. 엄마가 노래 부르기를 즐긴다는 건 알고 있었지만 통기타라니. 게다가 공연이라니. 나는 볼륨을 높이고 휴대폰을 더 가까이 들여다봤다. 분명 엄마가 맞는데 길을 걷다가 이 모습을 보았다면 그냥 지나칠 정도로 낯설었다. 곡이 끝나고 박수가 잦아들자 엄마가 마이크에 대고 말했다.

"감사합니다. 지금까지 최명숙이었습니다."

영상을 찍고 있던 사람이 "브라보!"라고 외쳤다.

*

명숙은 두 줄 앞에 앉은 선자의 뒤통수를 향해 초크 조각을 던졌다. 사촌언니를 따라갔던 어느 단칸방에서 "파마를 당했다"던 선자의 머리는 한 달이 지난 지금도 여전히 복슬복슬했다. 노란 초크가 머리카락 사이에 콕, 박힐 만큼. 선자는 제 머리에 뭐가 날아와 자리를 잡았는지도 모른 채 바쁘게 미싱 페달을 밟고 있었다.

에그, 둔한 년. 저거 오늘 약속 잊은 건 아니겠지? 명숙은 초조해졌다. 어제는 오늘 퇴근 후에 벌어질 일들에 대해 기대 가득한 상상을 하다가 늦게 잠이 드는 바람에 하마터면 지각을 할 뻔했다. 부랴부랴 출근카드를 찍고 자리에 앉느라 선자가 준비물을 잘 챙겨 왔는지 미처 확인을 하지 못한 것이다.

스웨이드 부츠와 미제 청바지. 그리고 실크 스카프. 하숙집 옆방을 쓰는 멋쟁이 언니에게서 빌려오라며 선자에게 주문한 것들이었다. 설마 선자가 제 것만 챙긴 건 아닐까. 명숙은 페달을 밟는 박자에 맞춰 끄덕거리는 선자의 뒤통수에 대고 물었다. 야, 너 믿어도 되겠냐?

한 번 더 던질까, 초크를 들고 각을 재던 명숙은 그만 반장과 눈이 마주치고 말았다. 어쩌지. 이미 경고를 한 번 받은 적이 있어 이번에 또 걸렸다간 분명 봉급이 깎일 판이었다. 명숙은 선자에게 던지려던 초크를 손에 쥔 채로 자리에서 벌떡 일어났다.

"반장님! 저기 쥐가 들어왔어요!"

명숙이 들고 있던 초크를 구석을 향해 던졌다.

"으아악!"

대성섬유 제1공장 3반의 미싱사 스무 명과 시다 열 명, 도합 서른 명의 여자들이 일제히 비명을 지르며 발을 굴렀다. 그중에서도 명숙이 제일 크게 소리를 지르며 아무 데나 삿대질을 했다.

"저기! 저기다! 저기로 간다!"

"쥐 못 잡아서 어떡해. 난 진짜 쥐가 너무 싫어!"

선자가 주먹까지 말아 쥐고서 진저리를 쳤다. 구내식당에는 똑같은 작업복을 입은 미싱사들이 박음질 바늘땀처럼 일정한 거리를 두고 앉아 쉬지 않고 숟가락을 움직이고 있었다. 점심시간은 딱 30분이었다. 조금이라도 빨리 먹어야 쉬는 시간을 확보할 수 있었다.

"얼른 먹기나 해. 오늘 잔업 남으면 절대 안 되는 거 알지?"

"알지, 알지."

"챙길 건 다 챙겨 왔겠지?"

"당연하지! 스카프 남색이랑 노란색 있는데 뭐 할래?"

명숙은 사물함 안에 곱게 놓여 있는 종이봉투를 떠올렸다. 거기에는 오늘을 위해 큰맘 먹고 장만한 앙고라 스웨터가 들어 있었다.

"난 남색."

흰 꽃이 수놓아진 분홍 스웨터에 미제 스판 청바지를 입고 인조 무스탕을 걸친 자신의 모습, 거기에 남색 실크 스카프를 더해보니 흡족해서 씨익 입꼬리가 올라갔다.

"너희들 오늘 어디 가는데 이렇게 신났어? 미팅 가니?"

같은 반인 영란이 물었다. 명숙은 비밀지령이라도 전하는 것처럼 목소리를 낮추고 영란의 귀에 속삭였다.

"우리 오늘 번개버스 타러 가."

번개버스를 알려준 건 총반장인 경은이었다. 경은과 명숙은 어릴 때부터 한 동네에 살며 자매처럼 지낸 사이였다. 대성섬유에 명숙과 선자를 취직시켜준 것도 경은이었다. 명숙은 경은이 하는 것은 뭐든 좋아 보였고, 경은이 권하는 것이라면 일단 믿었다.

"10시에 종로 국일관 앞에서 출발해."

1년에 딱 하루, 통행금지가 없는 바로 오늘, 12월 31일에만 운행하는 번개버스는 잔뜩 멋을 부린 젊은이들을 싣고 송추유원지로 향할 것이다. 그곳에는 온갖 주전부리를 파는 포장마차들이 들어서고 여기저기서 캠프파이어의 장작이 타오른다. 자정이 되면 하늘에는 폭죽이 터지고 댄스타임이 시작된다. 연인들은 서로의 허리에 팔을 감고 블루스를 추고, 친구들끼리는 둥글게 둘러서서 연신 웃음을 터뜨리고…… 그러다 누군가 명숙에게 다가와 "혹시 어디서 오셨어요? 친구들끼리 왔어요?"라고 묻는다면…….

명숙과 선자가 기대하는 것은 그런 자연스러운 만남이었다. 헌팅은 들어오지 않아도 괜찮다고, 친구끼리 좋은 추억을 만들고 오는 것만으로도 충분하다고, 그런 말은 다 빈말이었다. 경은도 결혼을 약속한 남자를 번개버스 탔다가 만났다고 하지 않았던가. 명숙과 선자는 둘 중 한 명만 만남이 성사되는 일이 생기더라도 샘내지 않고 축하하는 마음으로 알아서 귀가하기로 약속까지 한 상태였다.

국일관 앞에는 빨간 전세버스가 다섯 대나 서 있었다. 맨 앞 버스에서 승차권을 팔았다. 출발 시각까지는 세 시간 정도 여유가 있었다. 명숙과 선자는 뭐든 먹으며 배도 채우고 시간도 때우려는 생각으로 청계8가로 걸음을 옮겼다. 통닭집으로 갈지 파전집으로 갈지 망설이고 있을 때, 불쑥 어느 가게의 문이 열렸다.

"명숙이 맞지?"

"어머, 너 경희니?"

"얘, 나 선자야!"

명숙과 선자의 국민학교 동창인 경희는 중학교에 올라갈 때 답십리에서 압구정으로 이사를 가면서 소식이 끊겼었다. 어릴 때보다 키도 한참 크고 겨우 귀밑에서 찰랑이던 머리카락은 허리께까지 치렁치렁 자라 있었지만 흙바닥에서 같이 굴러도 유독 보얗던 피부가 여전했다.

"나 친구랑 둘이 있는데, 너희들 합석할래? 내가 살게."

경희의 제안을 거절할 이유가 없었다. 명숙과 선자는 경희가 이끄는 대로 가게 안으로 들어섰다. 곱창볶음을 파는 식당이었다. 가장 안쪽 테이블에 앉아 있던 누군가가 자리에서 벌떡 일어났다. 그는 명숙과 선자를 보고 당황한 것 같았다. 주머니에 손을 넣었다가 머리를 긁었다가 하며 쭈뼛거렸다. 선자가 명숙의 옷소매를 당기며 소곤거렸다.

"친구라더니 남자 친구 아니니?"

짧은 곱슬머리에 뿔테 안경을 끼고 두툼한 세무파카를 입은 경희의 일행은 훤칠하게 키까지 커서 영락없이 호리호리한 청년 같았는데 "안녕하세요" 하고 인사하는 목소리는 고운 미성이었다.

"인사해, 이쪽은 내 대학 동기 영서. 얘들은 내 소꿉친구 명숙이랑 선자. 화장실 가려고 나가다가 우연히 만났지 뭐야. 이것도 인연인데 같이 맥주 한잔하자. 괜찮지?"

영서가 고개를 끄덕이는 것을 보고서야 명숙과 선자도 마음 놓고 자리에 앉았다. 선자가 명숙의 귀에 대고 "대학 동기면 여자애지? 경희가 다닌다는 대학이 여대 맞지?" 하고 물었다. 명숙이 팔꿈치로 선자의 옆구리를 쿡 찔렀다. 다들 자리에 앉자 경희가 곱창볶음 2인분과 맥주 두 병을 주문했다. 영서가 명숙과 선자의 앞에 티슈를 깔고 젓가락과 숟가락을 놓아주었다.

경희가 비탈길의 구멍가게나 항상 줄이 길게 늘어서 있던 공동수도 같이 답십리에 대해 기억하는 것들을 이야기하면 그것이 아직도 있는지 아니면 언제쯤 없어졌는지 명숙과 선자가 대꾸해주는 식으로 대화가 이어졌다. 영서는 묵묵히 젓가락만 움직였다. 경희는 들뜬 목소리로 계속 떠들었고, 맥주를 빠르게 마셨다.

"그런데 경희야, 우리는 이제 가야 할 것 같아."

"어딜 가, 오늘은 통금도 없는데. 더 놀자."

취기가 오르는지 혀가 꼬부라진 경희가 선자의 치맛자락을 붙잡았다. 그러면서 기우뚱 기울어지는 경희의 어깨를 영서가 붙들었다. 경희가 영서의 손을 쳐내는 것을 명숙은 보았다.

"나랑 선자는 번개버스를 타러 가기로 해서."

그 말은 하지 말았어야 했다. 차라리 부모님께 허락을 받지 못했다고 할걸. 명숙은 후회했다. 번개버스라는 말을 들은 경희는 그게 뭐냐며 캐묻기 시작했고 결국은 자기도 따라가겠다며 짐을 챙겨 자리에서 일어섰다. 취한 것 같으니 집으로 가라고 해도 막무가내였다.

"나도 같이 갈게."

영서의 말이 고맙게 느껴졌다. 경희가 선자의 팔짱을 끼고 앞장서 가게 밖으로 나갔다. 명숙은 영서가 의자 뒤에 세워두었던 큰 가방을 둘러메는 것을 보았다.

"그건 뭐야?"

"기타."

"기타? 너 기타 치니?"

"응, 오늘 새 기타 사러 나온 거야."

*

호텔을 예약하면서 같이 예약했던 셔틀버스 앞에는 예약자들의 이름을 적은 스케치북을 든 기사가 서 있었다. 이름들은 멀리서도 단번에 알아볼 수 있도록 각자의 모국어로 적혀 있었다. 그 사소한 친절에 비행의 피로가 풀리는 것 같았다.

—엄마가 언제부터 기타를 쳤대? 난 전혀 몰랐네.

—어머니 주무셔. 일어나시면 여쭤볼게. 수술은 잘됐어. 이틀 더 있다가 퇴원하라네.

—자기는 언제까지 있으려고?

—퇴원하실 때까지 있어야지.

엄마가 퇴원하는 날은 내가 귀국하는 날이었고, 상미의 휴가 마지막 날이기도 했다. 각자의 시간을 보내기로 했던 휴가에서 상미만 약속한 날들을 잃었다고 생각하니 미안한 마음이 들었다. 상미에게 정말 괜찮은지 묻는 대신 눈에 보이는 풍경들을 몇 장 찍어 보냈다. 사진은 한 장씩, 천천히 전송되었다. 사진이 도착할 때마다 상미는 내가 좋아하는 이모티콘을 하나씩 보내주었다.

—어머니 퇴원하시면 모시고 공항에 가기로 했어. 거기서 만나.

입국 게이트에 나란히 서서 날 기다리고 있는 상미와 엄마…… 나는 어쩌면 그 모습을 보고 울어버릴지도 모른다는 생각이 들었다. 버스가 출발하자 와이파이가 끊겼다. 나는 저장해둔 엄마의 동영상을 계속 돌려 봤다. 엄마가 기타를 치며 부르는 노래의 제목이 기억날 듯, 기억날 듯, 기억나지 않았고 계속 그 제목을 생각하다가 까무룩 잠이 들었다.

체크인을 마치고 객실에 들어가니 침대 위에 놓인 과일들이 눈에 들어왔다. 나무접시에 담긴 과일들은 제각각의 모양이었으나 색과 향은 똑같이 진했다. 어떻게 먹어야 할지 모를 낯선 과일 대신 익숙한 바나나를 하나 들어 껍질을 벗겼다.

상미는 엄마를 처음 만나는 날 과일바구니를 사 들고 왔었다. 우리가 만난 서울을 떠나 운주시에 가서 함께 살기로 했을 때였다. 면접이라도 보러 가는 사람처럼 단추를 모두 채운 재킷을 입고서, 분명 제일 비싼 것으로 골랐을 과일바구니를 들고 엄마 집 현관에 어색하게 서 있던 상미의 모습. 광이 나게 닦아 신은 구두까지도 잊히지 않는다. 파인

애플, 멜론, 애플망고, 레드오렌지…… 외국 이름을 가진 과일들을 보고 엄마는 "덕분에 호강을 다 한다"라고 했었다.

그 뒤로 상미는 엄마의 생일과 명절마다 잊지 않고 엄마 집으로 과일바구니를 보냈다. 그러면서 내가 상미 부모님께 안부전화라도 하려 하면 손사래를 쳤다.

"신경 쓰지 마."

그 말이 얼마나 쌀쌀맞게 들리는지, 그래서 몇 번이나 싸움의 시작이 되었던 걸 알면서도 상미는 또 그 말을 하곤 했다.

이상한 사람. 상미는 참 이상한 사람이라고, 어디다 딱히 이야기할 곳이 없어서 나는 엄마에게 하소연을 했다.

"자기는 신경 쓰면서 난 신경 쓰지 말래."

"신경 안 쓰면 좋지? 속 편한 거 아니냐?"

"그게 어떻게 그렇게 돼?"

"왜 안 돼? 난 네 할머니 신경 안 쓰고 살 수 있었으면 깨춤을 췄을 거다."

엄마가 그렇게 말했을 때, 나는 놀라서 상미에 대한 서운함도 다 잊어버렸다. 그게 무슨 소리야? 엄마는 상미를…… 상미랑 나는…… 그 순간 무슨 말을 하는 게 좋았을까. 결국 마땅히 할 말을 찾지 못하고 입을 다물어버린 내 마음을 아는지 모르는지 엄마는 능숙하게 애플망고 껍질을 벗겼다. 이거 참 맛있다고, 입에 잘 맞는다고 하면서.

호텔에서 준비해준 바나나는 무척 달았다. 달아서 씹다 보니 입이 따가울 정도였다. 이틀 동안 이런 것들만 실컷 먹고 뜨거운 공기를 헤치고 차가운 물을 찾아가 몸을 집어넣어야지. 그리고 돌아가야지. 도착하자마자 돌아갈 생각을 하는 내가 조금 우스웠고, 마음에 들었다.

*

혹시나 번개버스 티켓이 다 팔려서 어쩔 수 없이 경희와 영서를 돌려보내야 하지 않을까 기대했건만 공교롭게도 딱 두 장이 남아 있었다. 명숙은 선자와 같이 앉고 경희를 영서와 앉히려고 했는데 경희가 냉큼 선자를 끌고 자리에 앉아버렸다.

"너희 싸웠니?"

"아니."

영서는 어색하게 웃으며 정말 아니라고, 경희랑은 한 번도 싸운 적이 없다고 덧붙였다. 그건 좀 이상한 대답이라고 명숙은 생각했다.

송추유원지에는 국일관 앞에서 출발한 버스 말고도 수많은 번개버스들이 젊은이들을 싣고 도착해 있었다. 어디선가 낯선 팝송이 들려왔다. 앙상한 겨울나무 가지들마다 알전구가 주렁주렁 걸려 있었다. 명숙은 버스에서 내리기 전 크게 심호흡을 했다. 예상하지 못했던 일들이 좀 생기긴 했지만, 오늘이 얼마나 기다린 날이던가. 맘껏 즐기리라. 반드시 즐거우리라. 그렇게 다짐을 하며 입술에 립스틱을 발랐다. 콤팩트 거울로 영서의 눈동자가 보였다.

"너도 바를래?"

"걔는 그런 거 안 발라." 불쑥 경희가 손을 뻗어 명숙의 립스틱을 가져갔다. 술이 깼는지 빨갛게 달아올랐던 얼굴이 다시 하얗게 말끔해져 있었다. 립스틱을 바르는 경희의 얼굴을 영서가 가만히 바라보았다. 그 눈빛이 아까 자기를 볼 때와는 다르다는 걸 명숙은 분명히 느꼈다.

"어쩌다 이렇게 된 걸까, 정말." 선자가 투덜거렸다. 명숙도 같은 마음이었다. 그 골목에 가지 말았어야 하는데. 경희의 합석 제안을 거절했어야 하는데. 번개버스를 알려주지 말았어야 하는데. 후회는 꼬리에 꼬리를 물고 이어졌다.

유원지에는 다섯 개의 캠프파이어 불꽃이 피워져 있었

는데 그 주변에는 저마다 다른 음악에 맞춰 춤을 추는 사람들이 있었다. 흥겨운 컨트리 팝송이 흐르는 곳엔 어린아이를 데려온 가족들이 모여 있었고, 재즈 블루스가 흐르는 곳엔 연인들이 서로의 어깨와 허리에 손을 얹고 몸을 움직였다. 댄스가요가 흐르는 곳, 포크송이 흐르는 곳, 잔잔한 피아노 선율이 흐르는 곳 중에서 명숙과 선자가 가고 싶은 곳은 당연히 댄스가요가 흐르는 곳이었다. 맵시 있게 차려입은 훤칠한 남자들이 그곳에서 흥겹게 춤을 추고 있었다.

하지만 명숙과 선자는 그들 틈에 끼지 못하고 포크송이 흐르는 곳에서, 장사꾼에게서 산 비닐 돗자리를 깔고 앉은 채로 타오르는 장작을 바라보고 있었다. 경희의 고집 때문이었다. 각자 흩어져서 놀자고 아무리 애원해도 경희는 명숙과 선자를 놓아주지 않았다.

"다 같이 놀자. 다 같이 있자. 응?"

떼를 쓰는 아이처럼 굴던 경희는 제 목적을 달성한 뒤로는 아주 기분이 좋아 보였다. 콧노래를 흥얼거리며 고개까지 까딱까딱 흔들었다. 명숙과 선자는 상황이 단단히 잘못되었다고 생각하면서도 오랜만에 만난 어린 시절 친구에게 매정하게 대하고 싶지도 않았기 때문에 어찌할 도리가 없었다.

"공쳤다, 공쳤어." 명숙이 한숨만 내쉬고 있는데, 선자가 갑자기 새침하게 눈을 홉뜨고는 헛기침을 했다. 명숙은 설마 하는 기대를 안고 선자의 시선을 따라 고개를 돌렸다.

"저 혹시 친구분들끼리 오셨나요? 저희도 공교롭게 딱 네 명인데, 얘기 좀 나눌 수 있을까요?"

명숙은 저도 모르게 입술을 씰룩이고 있었다. 남자의 목덜미에 닿은 장발이 날티가 나서 별로였지만 정중한 태도는 마음에 들었다. 그가 턱짓으로 가리킨 일행들도 행색이 나쁘지 않았다. 부츠 컷 청바지를 입은 남자는 은테 안경이 샤프해 보였고, 밤색 모직코트를 입은 남자는 순해 보였다. 목깃이 빳빳한 가죽점퍼를 입은 남자는 얼굴이 제법 말쑥했다. 명숙은 아마 선자도 가죽점퍼를 입은 남자를 제일 마음에 들어 할 거라고 생각했다. 남자는 일단 얼굴이 보기에 좋아야 한다는 게 명숙과 선자가 입을 모아 이야기하던 바였다.

하지만 선택권을 가진 건 명숙도 선자도 아니었다. "괜찮으실까요?" 장발 남자는 왈츠라도 권하는 왕자인 양 경희를 향해 제 손바닥이 보이게 손을 내밀었다.

"안 괜찮은데요." 대답을 한 건 영서였다. 퉁명스럽고 낮은 목소리였다. 경희가 까르르 웃음을 터뜨렸다.

"난 괜찮은데? 돗자리도 넓은데, 여기 와서 앉으세요."

"허락해주시니 정말 영광입니다."

장발 남자가 과장된 동작으로 허리를 깊숙이 숙였다. 그를 따라 다른 세 남자도 돗자리 위로 올라왔다. 남자들은 여자들의 사이사이에 한 명씩 끼어 앉으려고 했지만, 영서가 재빨리 경희의 옆으로 바싹 붙었다. 그러면서 다른 쪽으로는 명숙의 손을 끌어당겼고, 그 바람에 선자도 엉거주춤 딸려 와 여자들은 나란히 모여 앉게 되었다. 자연히 남자들도 그 건너편에 나란히 앉아서, 네 명씩 서로 마주 보는 수밖에 없었다.

"이거 미팅 같기도 하고 좋은데요? 각자 마주 보는 사람을 파트너라고 생각하면 어때요?"

아무래도 남자들 사이에선 장발 남자가 분위기를 띄우는 담당인 모양이었다. 명숙은 그의 너스레가 점점 마음에 들었다. 선자도 제 앞에 앉은 밤색 코트의 남자가 나쁘지 않은 눈치였다. 영서는 은테 안경의 남자와 절대 눈 한 번 마주치지 않을 기세로 바닥만 쳐다보고 있었다. 서로 눈치만 살피다가 겨우 통성명을 시작하려는데 가죽점퍼 남자가 경희에게 대뜸 반말로 그쪽은 몇 살이냐고 물었다. 경희는 그의 눈을 똑바로 바라보며 대답했다.

"나, 79학번."

그 뒤로 남자들은 모두 경희에게만 말을 걸었다. 어느 대학 무슨 과이냐, 사는 곳이 어디이냐, 부모님은 뭐 하시느냐, 어쩌다가 여길 왔느냐…… 흡사 맞선이라도 보러 나온 기세들이었다. 경희는 그들의 질문에 아무렇게나 대꾸했다. 서울대학교 법학과를 다니고, 학교 기숙사에서 살며, 부모님은 고향에서 과수원을 크게 하신다고. 같은 과 친구들하고 추억을 만들러 왔다고. 다 거짓말이었다. 경희는 잘도 그런 거짓말들을 뻔뻔스럽게 쏟아내면서 틈틈이 목이 마르다, 속이 출출하다, 입이 심심하다 하면서 남자들을 시켜 주변 포장마차의 군것질거리들을 사 오게 했다. 덕분에 가본 적도 없는 서울대학교 학생이 되어버린 명숙과 선자는 경희의 거짓말이 들통날까 봐 별다른 말은 하지 못한 채 그저 방긋방긋 웃다가 고개를 끄덕이다가 할 뿐이었다.

"그리고 얘는 내 애인." 경희가 영서의 볼에 쪽, 소리 나게 입을 맞췄다.

"거짓말." 가죽점퍼 남자가 킥킥, 웃으며 한 번 더 말했다. "죄다 거짓말이구만."

침묵이 흘렀다. 영서가 가죽점퍼 남자를 매섭게 노려보았다. 경희는 도대체 무슨 생각일까. 명숙은 미소 띤 경희의 얼굴을 보며 그 속마음을 알아보려고 했지만 도무지 알 수가 없었다. 선자가 안절부절못하고 손톱을 물어뜯었다.

"어? 분위기가 왜 이렇게 썰렁해졌나요?" 화장실에 다녀온 장발 남자가 쉽게 풀어질 것 같지 않은 공기를 느꼈는지 분위기를 띄울 것을 찾아 두리번거렸다. 그러다 영서의 기타 가방을 가리켰다. "제가 기타를 좀 칠 줄 아는데 신나는 곡으로 튕겨볼까요?"

"아뇨. 안 되는데요." 영서가 기타 가방을 제 몸 쪽으로 끌어당겼다.

"그럼 혹시 한 곡 해주시는 건?" 장발 남자의 제안도 영서는 단박에 거절했다.

"전 아무 데서나 노래 안 합니다."

"더럽게 가오 잡네." 가죽점퍼 남자가 빈정대며 덧붙였다. "지가 뭐라고 여자들을 끼고 와서는."

영서가 자리에서 벌떡 일어났고, 명숙은 영서가 곧 주먹이라도 휘두를 것 같아 영서의 팔을 붙들었다. 뒤따라 일어난 선자가 "지금 뭐라고 하셨어요?" 하고 목소리를 높였다. 장발 남자와 은테 안경 남자, 밤색 코트 남자가 엉거주춤 자리에서 일어나 대신 사과를 하겠다고 굽실거렸다. 가죽점퍼 남자는 고집스럽게 자리를 지키고 앉아 영서를 올려다보며 비웃음을 흘리고 있었다. 순식간에 아수라장이 된 은색 비닐 돗자리 위에서 단 한 명, 평화로운 사람이 있었다.

지이익, 소리를 내며 경희가 영서의 기타 가방 지퍼를 열었다.

"한 곡 해줘, 자기야. 나 듣고 싶다."

*

"그러니까 그때 그 노래가 이 노래라고?"

말을 하는데 하품이 섞여 나왔다. 상미가 콘솔 박스에서 사탕봉지를 꺼내 내게 건넸다. 내가 좋아하는 레몬사탕이었다. 나는 사탕을 한 번에 세 개 입에 넣었다. 이 정도는 먹어야 잠이 깰 것 같았다. 아무리 비행기에서 한숨도 못 잤다고 해도 공항으로 마중을 나와 집까지 운전을 하는 사람을 옆에 두고 조수석에서 잠을 잘 수는 없었다. 상미의 입에도 사탕을 하나 넣어주었다. 상미만 몰고 다니던 차를 번갈아 운전하게 되면서 콘솔 박스는 우리의 간식 상자가 되었다. 여행지에서 사 온 맛을 알 수 없는 과자봉지들도 곧 한 자리를 차지할 터였다. 장거리 운전을 할 때면 평소보다 더 긴장을 해서 물도 잘 마시지 않던 상미도 이제는 껌도 씹고 배가 고프면 빵도 먹었다.

"엄마도 참 너한테 별 얘기를 다 했네."

엄마의 실패한 번개버스 헌팅 스토리는 나도 몇 번이나 들어 잘 알고 있었다. 하지만 내가 들은 건 그날 돗자리 위에서 합석했던 남자들이 영 별로였다는, 그래서 허무하게 집에 돌아왔다는 결말이었는데 상미를 통해 듣는 이야기는 내가 알고 있는 것과 다르게 흘러갔다. 원곡 가수보다도 더 고운 미성으로 노래를 불렀다는 영서와 그런 영서를 다정한 눈빛으로 바라보았다는 경희. 노래가 끝나는 타이밍에 딱 맞게 밤하늘을 가득 메우며 터지던 폭죽. 그렇게 1년에 딱 하루만 허락된 밤이 끝나고 다시 서울로 돌아오는 버스 안에서 한참이나 서로의 귀에 소곤대던 두 사람…….

"어머니가 그러시더라고. 그날 연락처도 묻지 못한 채 헤어지는 바람에 다시 만나지 못했지만 살면서 문득 궁금해지는 날이 있었다고."

경희랑 영서는 잘 지내는지.

싸우지 않고 잘 지내는지.

둘이 잘 살고 있는지.

수술을 앞두고 금식을 해서 얼굴이 부쩍 수척해진 엄마

가 "잘 살겠지?" 하고 상미의 눈을 보며 물었을 때, 그때 상미는 엄마가 왜 자기에게 이런 이야기를 구구절절 하는지 알았다. 그래서 망설이지 않고 대답했다. "네, 잘 살 거예요."

엄마에게 전화를 걸었지만 받지 않았다. 부재중인 게 아니라 수신거부였다. 그리고 곧 문자메시지가 도착했다.

—나 바쁘다.

엄마는 퇴원하는 길에 찾아온 사람과 그 길로 기타 연습을 하러 갔다고 했다. "윤주는 상미 네가 어련히 잘 챙겨서 가겠지"라는 말만 남기고. 엄마에게 새 취미를 만들어준 사람은 엄마가 기타를 칠 때도, 볼링을 칠 때도, 낚시를 할 때도 옆에서 "브라보!" 하고 박수를 친다고 했다.

—엄마, 나 상미랑 잘 가고 있어.

엄마에게 문자메시지를 보내고, 상미에게 물었다.

"그 노래, 한 번 더 들을까?"

상미가 "그래" 하고 고개를 끄덕였다. 우리는 드문드문 아는 가사를 따라 흥얼거리며, 서로가 없었던 날들 동안 생각했던 것들을 이야기하며, 부지런히 집으로 향했다.

비가 오면 생각나는 그 사람
언제나 말이 없던 그 사람
사랑의 괴로움을 몰래 감추고
떠난 사람 못 잊어서 울던 그 사람

그 어느 날 차 안에서 내게 물었지
세상에서 제일 슬픈 게 뭐냐고
사랑보다 더 슬픈 건 정이라며
고개를 떨구던 그때 그 사람

외로운 병실에서 기타를 쳐주고
위로하며 다정했던 사랑한 사람
안녕이란 단 한마디 말도 없이
지금은 어디에서 행복할까

— 심수봉, 〈그때 그 사람〉 중에서

작가 노트

싱어송라이터 심수봉의 노래들을 좋아한다. 1978년 제2회 MBC 대학가요제에서 그가 직접 피아노를 치면서 부른 노래 〈그때 그 사람〉은 그중에서도 특히 좋아하는 노래다. "안녕이란 단 한마디 말도 없이 지금은 어디에서 행복할까"라는 구절을 생각하며 이 소설을 썼다.

소설의 장면들에는 미싱사로, 각종 자영업자로, 또한 일용직 노동자로 살아가는 것에 주저함이 없었던 나의 엄마 최경숙 씨에게서 들었던 그의 젊은 시절 이야기가 많이 담겼다. 이 소설을 본다면 엄마는 "아니 내 말은 이런 게 아니었는데"라고 할 것 같지만……. 가끔 엄마의 젊은 시절, 지금의 나보다 어린 20대 최경숙의 모습이 담긴 사진을 볼 때면 엄마가 나에게 하지 않은 이야기들 속에 진짜 중요한 장면이 숨어 있을 것만 같다.

윤주와 상미, 윤주의 엄마 명숙은 전작인 「우리가 핸들을 잡을 때」(『내 여자친구와 여자 친구들』, 문학동네)에 이어 다시 한 번 만나고 싶은 인물들이었다. 윤주와 상미가 싸우지 않고 사이좋게 지내길, 명숙이 늘 명숙의 방식대로 행복하게 살기를 바란다. 「그때도 지금도 우리는」을 재미있게 읽으셨다면 「우리가 핸들을 잡을 때」도 함께 읽어주시면 좋겠다.

친구들과 고속도로를 달리는 차 안에서 우리가 태어나기 전의 노래들을 함께 부른 적이 있다. 어째서 그 노래들을 흥얼거리는 일이 우리에게 익숙한 감각일 수가 있는지 신기해하면서. 혹시 그게 엄마의 애창곡은 아니었을까, 그래서 그 노래들은 가수의 목소리가 아닌 내 엄마의 흥얼거림으로 무의식의 어느 곳에 각인되어 있는 게 아닐까, 그런 이야기들을 했었다. 그 순간에 떠올린 생각들을 동료 작가들과 나누고 싶어서 테마소설집을 기획했다. 지난 세대의 노래와 지금 세대의 소설이 만나 벌어지는 이야기들이 모쪼록 독자분들께도 즐거운 경험이 되었으면 좋겠다.

긴 하루

김이설

2006년 서울신문 신춘문예에 단편소설 「열세 살」이 당선되어 작품 활동을 시작했다.
소설집 『아무도 말하지 않는 것들』 『오늘처럼 고요히』 『잃어버린 이름에게』,
경장편소설 『나쁜 피』 『환영』 『선화』 『우리의 정류장과 필사의 밤』이 있다.

쪼그려 앉아 있던 유순은 시멘트 바닥에 급히 담배를 비벼 끄고 곧바로 전화를 걸었다. 새로고침을 하자마자 급구, 라는 제목으로 주방 이모를 구하는 게시글이 뜬 것이다. 일당이 무려 8만 원이었다.

—파출앱 보고 연락드렸습니다. 사람 구하신다고요.

—경험 있으세요?

경험이야 남부럽지 않았다. 유순은 걱정 안 해도 된다고 강조했다.

—그럼 9시까지 오세요.

새벽 3시까지 일한다 해도 여섯 시간에 8만원이면 아주 좋았다. 백반집에서 계산을 하고 나온 장씨가 유순에게 종이컵에 담긴 믹스커피를 내밀었다. 커피를 받아 든 유순은 담배를 하나 더 피워 물었다. 담배를 쥐지 않은 쪽 팔을 휘휘 저으며 뭉친 근육을 풀었다. 손목과 손가락 관절도 뻑뻑해 손을 쥐었다 폈다 반복했다. 진작 나와 있던 베트남 청년 둘은 1톤 트럭에 기대어 서로의 핸드폰을 들여다보면서 자기 나라 말로 떠들고 있었다.

"새집에서는 피우지 말어."

"왜? 새댁이 뭐라고 했어?"

"아까 자기한테 뭐라 하려다가 말더라고."

주방살림 패킹을 끝내고 짐을 다 뺀 다용도실 구석에서 담배를 피운 걸 본 모양이었다. 장씨는 어지간하면 참아보라고 했는데 유순은 그게 힘들었다. 다른 이들이 음료수를 마시며 숨을 돌릴 때마다 유순은 구석에서 조용히 담배를 피웠다. 패킹을 마치고 한 번, 살림을 다 빼고 난 뒤 한 번, 짐을 넣으면서 두어 번이 다였는데 그걸 뭐라고 하는 사람이 많았다.

유순은 담배 연기를 깊게 들이마셨다. 뜨거운 햇빛에 정수리가 파이는 것 같았다. 이삿짐을 옮기기에는 삼복더위보다 차라리 엄동설한이 나았다. 긴 장마 끝이어서 습도가 높은 데다 마스크까지 낀 채 짐을 나르니 곤욕도 이런 곤

욕이 없었다. 오전 일찍부터 짐을 뺐는데도 이미 목덜미가 땀으로 끈적이고 양 겨드랑이에서 쿰쿰한 땀내가 났다. 어깨와 손목, 손가락 관절도 계속 욱신거렸다. 커피를 다 마신 장씨가 스스럼없이 트림을 했다. 제육볶음과 마늘 냄새가 났다. 아휴, 정말. 유순은 장씨의 어깨를 밀쳐냈다.

"입은 좀 가리고 해. 예의 없이."

"우리 사이에 예의는 무슨."

"우리가 무슨 사인데?"

장씨가 유순의 옆구리를 꾹 찔렀다.

"아, 어딜 만져?"

"어디긴 어디야, 유순 씨 옆구리지."

그러더니 엉덩이를 툭 건드렸다.

"나와서는 그러지 말라니까."

"뭐 어때, 보는 사람도 없는데."

근처의 신축 아파트 공사장 때문에 차가 지나갈 때마다 흙먼지가 일었다.

"오늘도 밤에 나가셔?"

"놀면 뭐 해."

"그 돈 다 벌어 얻다 쓰게?"

"쓸 데가 없나, 돈이 없지."

유순은 뒷주머니에 꽂아두었던 장갑을 꺼내 괜히 무릎을 탁탁 내려쳤다.

"아, 나랑 이삿짐만 하자니깐. 그러다 젊지도 않은 몸 폭삭 상한다."

"안 하면? 장경식 씨가 먹여 살리실 겁니까?"

장씨는 대답하지 않았다. 대답을 바란 건 아니었지만 거짓말이라도 선뜻 그러마 하지 않은 장씨에게 서운함이 들었다. 그러나 내색하지 않았다. 사소한 것까지 신경 쓰며 살 순 없었다. 유순은 머릿속으로 남은 하루를 계산해봤다. 6시쯤 일을 마친다 해도 7시 반이면 집에 도착, 씻고 저녁까지 먹고 출발해도 9시까지는 충분했다.

벌어도 벌어도 부족한 게 돈이었다. 전세를 전전하다 재작년에 10년 된 20평대 연립주택을 사느라 빚이 늘었다. 늙어빠진 트럭도 언제 멈춰설지 몰랐다. 이젠 살 만큼 살아서 언제 죽어도 상관없다는 노모는 끊임없이 병원을 다니며 여기저기 검사를 해대는 게 취미였다. 병원비만으로도 입이 벌어졌는데, 그 와중에 동네 노인들과 몰려다니며 건강식품을 할부로 사들였다. 그 지출 역시 유순이 감당해야 했다. 그뿐인가, 낼모레면 서른인데도 취업을 못 한 딸아이가 쓰는 돈이며, 아이 앞으로 들어가는 적금과 보험도 만만

한 금액은 아니었다. 학자금 대출도 남아 있었다. 무엇보다도 조바심이 나는 이유는 작년에 큰올케에게 현금을 빌려준 탓이었다. 사업이 기울 대로 기울었다는 걸 알았지만 오죽하면 손아래 시누이에게 손을 벌리나 싶어서 차마 거절하지 못했던 것이다. 잃어버린 돈으로 치자 했는데 사람 마음이 희한해서 그 돈이 점점 더 아쉽게 느껴졌다. 얼른 메꿔놓아야 할 것 같았다. 그러니 벌 수 있을 때 벌어야 했다. 곧 이마저도 할 수 없는 나이가 될 것이 아닌가.

장씨와 유순이 5톤, 1톤 트럭에 올랐고 베트남 청년들은 한 명씩 각각의 차에 올랐다. 땡볕에 한창 달궈진 차 안은 에어컨을 틀어도 시원하지 않았다. 옆에 앉은 베트남 청년이 말없이 핸드폰만 들여다보았다. 한국에 들어온 지 얼마 안 되어 의사소통은 힘들었지만 일 눈치는 있는 청년이었다. 스물아홉 살이라 했으니 딸 혜서와 동갑이었다.

혜서에게 연락이 끊긴 지 열흘째였다. 어디서 뭘 하고 있는지, 정말 이렇게 연을 끊을 생각인 건지. 유순은 혜서 생각만 하면 가슴 한편이 체한 것처럼 답답했다.

독립을 하고 싶다고 한 건 제법 오래전부터였다. 유순에게는 생각할 필요도 없는, 말도 안 되는 소리였다. 유순은 혜서가 독립 이야기를 꺼낼 때마다, 식구가 많은 것도 아니고 너와 나 단둘이 사는데 무슨 독립이냐고 일축해버렸다. 노모와 같이 지낸 뒤로 혜서는 더 자주 말해왔지만 유순은 눈 하나 꿈쩍하지 않았다. 말이 쉬워 독립이지 살림을 새로 내는 데 드는 돈이 얼만데. 그러더니만 기어이 집을 나가고 만 것이다.

"독한 것. 어떻게 팬티 한 장 안 남기고 싹 챙겨 나가."

유순의 혼잣말에 베트남 청년이 쳐다봤다. 유순은 고개를 저었다.

말 그대로 홀로 독립한 것이라면 걱정이 덜 되었을까. 그 꼴도 탐탁지 않기는 마찬가지였겠지. 사귀는 사람과 같이 살고 싶어서 몸 달아 있었다는 걸 유순이라고 모르지 않았다. 마음에 안 드는 상대라고 그렇게 언질을 했는데도 혜서는 밤을 새우고 들어올 때가 잦았다. 참다못한 유순이 어느 날인가 혜서의 등짝을 후려치며 기어이 한 소리를 했다.

"너 정말 이럴 거야? 아비 없는 자식이라고 표 내는 거야 뭐야?"

"내가 뭘!"

곱게 수그릴 줄 알았던 혜서가 고개를 빳빳이 들고 대들었다. 뭐 잘한 게 있다고. 유순은 기가 찼다.

"연애를 할 거면 제대로 된 놈을 만나 똑바로 하라고."

연극인지 영화인지, 하여간 연기를 하는 사람이라는 것을 알게 된 후로 유순은 혜서의 연애를 허락할 수가 없었다. 정기적인 수입이 없는 사람이라니.

"잘 모르면서 함부로 말하지 마."

"그 나이 되도록 고정 수입이 없으면 예술병 걸린 놈일 거 아니냐. 안 그래?"

"엄마가 뭘 안다고? 엄마 마음대로 판단하지 마!"

"내가 지금 나 좋으라고 하는 소리야? 너 행복하라고, 너는 멀쩡히 살라고 하는 소리잖아! 어디 만날 사람이 없어서……."

"이러니 내가 집을 나가고 싶지!"

혜서가 날카로운 목소리로 대꾸했다. 유순은 가슴이 덜컹 내려앉았다. 30여 년 전의 유순도 눈이 뒤집어져서 집을 나서지 않았던가.

그래도 어쩜 이렇게 감쪽같이 집을 나갈 생각을 한 것인지. 유순은 자기 입장을 하나도 생각하지 않은 혜서가 노여웠다. 그렇게 설명하고 몇 번이나 알기 쉽게 말했는데도 불구하고 제멋대로 나가버린 혜서가 용납이 안 됐다. 자식 일은 부모 마음대로 할 수 없다더니. 다른 집 자식도 아니고 내 자식이……, 그런 한탄은 이제 와 소용없었다.

이삿짐을 부리는 일은 짐을 싸고 빼내는 것보다 더 신경이 쓰였다. 집주인이 원하는 자리에 물건을 놓아야 했고, 청소까지 마쳐야 끝이었다. 주방 살림과 냉장고, 다용도실, 욕실을 차례대로 정리해나갔다. 유순은 자기 몸에서 나는 땀내 때문에 골치가 아플 지경이었다. 콧잔등과 인중, 턱에 땀이 차올라 쓰라렸고, 겨드랑이와 오금도 땀에 절어 검게 얼룩이 생겼다. 짧은 머리칼 끝에 땀방울이 맺혔다. 유순은 수건을 머리에 둘러 두건처럼 묶었다.

장호익스프레스에서 일을 시작한 지 10년이 되어갔다. 처음 일을 시작했을 때는 온몸에 파스를 붙이고 살았는데. 그래도 그때는 빠릿빠릿 잘 움직였다. 유순은 요즘 들어 세월이 참 빠르게 느껴졌다. 예순까지 두 해밖에 남지 않았다니. 갓난쟁이를 두고 일을 나가던 때가 엊그제 같은데 품을 떠난 혜서가 곧 서른이었다. 유순이 혜서를 가졌을 나이였다. 자신을 생각하면 그 나이가 어린 나이가 아닌데도 유순은 마음이 놓이지 않았다.

"아저씬 잘해줘?"

몇 해 전이었던가. 혜서가 뜬금없이 유순에게 물었던 적이 있었다. 유순은 얼결에 그렇다고 대답해버리고 말았다. 만나는 사람이 있다는 걸 시인한 셈이었다. 조심한다고 했는데도 혜서는 이미 알고 있었던 모양이었다.

"같이 살고 싶으면 그래도 돼. 나 상관하지 말고."

혜서를 물끄러미 바라보던 유순은 얼굴이 발개졌다. 만나는 남자에 대해 혜서와 이야기를 나눠본 적이 처음이었다. 게다가 자기는 엄마를 믿으니까 엄마가 만나는 사람도 괜찮은 사람일 거라는 혜서의 말에 유순은 가슴이 시큰했다.

유순이 장씨를 만나기 시작한 건 장씨의 아내가 지병으로 세상을 뜬 다음 해부터였다. 혜서와 장씨의 막내아들이 동갑인 데다 그 당시 고3이었던 터라 장씨와 유순은 가족들에게 한동안 둘의 관계를 밝힐 엄두도 내지 못했다. 장씨는 때를 봐서 합치자는 말을 하곤 했지만 아비 없는 딸과 어미 잃은 아들들의 눈치를 보느라 그 때라는 것이 좀처럼 찾아오지 않았다. 장씨는 아이들 혼사를 치를 때는 자기 옆에 유순을 앉히겠다고 해왔는데, 정작 올봄 장씨의 큰아들이 식을 올리는데 유순은 장씨 옆에 서 있질 못했다. 테이블마다 장성한 아들들을 데리고 다니면서 인사를 시키던 장씨는 유순의 테이블에는 오지 않았다. 그때 유순은 자신의 믿음이 얼마나 쓸모없는 것이었는지 깨달았다.

집 안에서는 담배를 못 피웠으므로 새댁이 건넨 박카스를 들고 아파트 단지 구석의 그늘을 찾아 쪼그려 앉았다.

유순은 담배를 피우며 혜서에게 카톡을 보냈다.

—엄마 문자 보면 연락 좀 해.

숫자 1이 좀처럼 사라지지 않았다. 열흘 내내 유순 혼자서 카톡 화면에 혼잣말을 하듯이 연락을 보내고 있었다. 처음엔 화가 났다. 괘씸하기도 하고 서운하기도 했다. 잔소리 좀 했다고 집을 나가? 어떻게 나 혼자 두고 나갈 수 있지? 세상에 피붙이는 저와 나뿐인데. 배신감이 몰려왔다. 그러나 독립하겠다던 말이 진짜였다는 것을 뒤늦게 깨달은 자신에 대한 후회가 더 깊어졌다. 곧 서른인 아이를 계속 품고만 있으려 하니 숨통이 막혔겠지. 어린애도 아니니 제 인생 제가 알아서 살아가라고 등 떠밀어도 부족할 판에……. 유순은 끙 소리를 내며 일어섰다. 자기도 모르게 나오는 신음이 낯설지 않았다. 노인네들이 일어설 때마다 왜 앓는 소리를 하는지 이제는 알고도 남았다.

—밥 잘 챙겨 먹어.

유순은 혜서에게 메시지를 하나 더 남겼다. 순간 두 문장에 붙은 숫자 1이 사라졌다. 유순의 메시지를 읽기는 한다는 뜻이었다. 곧바로 전화를 걸었지만 여전히 받지 않았다. 답신도 없었다. 유순은 이제 많은 걸 바라지 않았다. 어차피 나간 아이였다. 억지로 잡아끌고 들어올 수도 없을 터였다. 그러니 잘 지내고 있다는 말만 해주면 될 것 같았는데, 그 한마디를 건네지 않는 것이었다. 화는 유순이 내도 모자랄 판인데 오히려 혜서가 성질을 내는 것처럼 입을 꾹 다물고 있어서 불편하고 불안했다. 유순은 노모 같은 엄마가 되지 않겠다고 다짐하고 또 다짐했다. 이렇게 된 이상 혜서를 받아들이겠다고 마음을 먹어야 했다. 마음에 안 든다고 밀쳐냈다간 자기와 노모 꼴이 날 것이 뻔했다. 결혼까지는 절대 허락하지 않을 테지만 한번 살아보겠다고 이 난리면 말릴 도리가 없는 것도 사실이었다. 유순은 박카스를 한입에 다 마셔버렸다. 단 걸 마시면 두어 시간은 또 거뜬히 버틸 수 있었다.

새댁은 살림살이를 자기가 다시 정리해야 된다면서, 유순에게는 알아서 적당히 넣어놓기만 하라고 했다. 결혼한 지 1년밖에 되지 않았다고 하더니, 살림살이들이 모두 새것인 데다 소품들이 아기자기했다. 조리기구와 식기 세트, 컵과 잔을 차례대로 빈 찬장과 수납장에 넣었다. 새댁은 기껏해야 혜서 또래일 것 같았다. 누군가는 이렇게 이루고 사는데⋯⋯ 유순은 혜서가 어디에서 살고 있을지 눈앞에 훤했다. 수중의 돈도 없는 것이 가봤자 단칸방일 게 뻔했다. 단칸이라도 방다운 방이면 다행이게, 도대체 대책이라는 걸 세우긴 한 건지, 남자 뒷바라지한다면서 빈 독에 물 붓는 건 아닌지, 그렇게 저를 갈아 넣는 건 아닌지…… 유순은 자기도 모르게 한숨이 나왔다. 하루에도 마음이 몇 번씩 왔다 갔다 했다. 담배가 피우고 싶었지만 억지로 참았다.

살림살이가 제자리를 찾아갈수록 비닐 완충제가 이삿짐 박스에 차곡차곡 쌓여갔다. 내용물을 빼고 청소까지 싹 해온 냉장고와 김치냉장고를 마른 걸레로 한번 더 닦아내고 원래의 자리에 고스란히 채워 넣었다. 욕실과 다용도실 물건들도 간소했다. 새살림이어서 조심스러웠지만 짐이 많은 집은 아니었다. 거실로 햇빛이 깊게 들어차는 오후가 되었고, 짐 풀기가 다 마무리되어 갈 즈음, 유순은 다용도실 선반에 액체 세제를 올리다가 허리를 삐끗했다.

원래 허리가 좋지 않았다. 혜서를 낳고 제대로 몸조리를 못한 탓이었다. 혜서를 낳고 열흘 뒤부터 일을 시작했다. 그때부터 이제껏 제대로 쉬어본 적이 없을 정도였다. 아이를 낳기 전에 했던 경리 일은 찾기 어려운 데다 하루가 급했으므로 유순은 몸 쓰는 일을 시작했다. 가내 공업 모직 회사를 시작으로, 화장품 방문 판매, 식당 서빙과 주방 일을 했다. 전단지를 돌리고 세탁 공장에서 운동화를 빨고 도매시장에서 물건을 나르는 일도 했으며 하루 종일 순대를 볶기도 했다. 낮에 무슨 일을 하든 밤에는 식당에서 설거지를 했다. 하루에 다섯 시간 이상 자본 적이 없었다. 몸이 성할 리가 없었다. 평생 살집이 붙질 않았고, 손톱이 자랄 새가 없어 항상 뭉툭했다. 특히 허리가 고질적인 문제였는데, 조심한다고 하는데도 이렇게 한번 삐끗하면 한동안 고생해야 했다. 허리가 아프니 등허리가 휘며 걷는 모습이 우스꽝스럽게 되었다. 삐딱한 자세로 부엌과 거실을 쓸고 닦고, 마지막으로 스팀 청소를 하자 모든 일이 끝났다. 청소를 하는 동안 베트남 청년들은 빈 상자와 완충제, 꽉 찬 쓰레기봉투를 치웠다. 유순은 허리에 손을 짚은 채 마지막으로 소파 탁자의 먼지를 쓸었다. 새댁이 유순을 부른 건 그때였다.

"이거 보이시죠? 금이 가 있네요."

그릇장에 세로로 꽂아두었던 접시들 중에 하나였다. 하루 종일 멀찍이 서서 핸드폰만 쥐고 있었으면서 어떻게 발견했는지 알 수 없었다. 장씨가 눈짓을 보냈다. 패킹할 때 확인 안 했냐는 뜻이었다. 유순은 어깨를 들썩여 모르는 일이라는 표정을 지었다.

"그리고 이 에어프라이어 손잡이도 찍혔더라고요. 산 지 얼마 안 된 건데."

"무슨 소리세요. 일일이 다 포장해서 옮긴 거 보셨잖아요."

유순의 목소리에 날이 섰다. 새댁이 팔짱을 끼고 한 발짝 앞으로 다가왔다.

"저야 모르는 일이죠. 어머, 지금 내가 억지 부린다는 말이에요 그럼?"

새집에서 좋은 꿈 꾸시라고, 부자 되시라는 덕담을 건넬 시간에 실랑이가 생겨버렸다. 아무래도 그릇 핑계로 잔금을 얼마라도 깎을 모양이었다. 짜증이 난 유순은 이렇다 할 설명 없이 홱 돌아 나와버렸다. 나이도 어린 게 어디서 눈을 똑바로 뜨고 덤벼, 덤비긴. 새댁이 장씨에게 사과 운운하며 언성을 높이는 게 들렸지만 그냥 엘리베이터에 올라탔다. 해가 지고 있는데도 더위는 가실 줄 몰랐다. 유순은 어린애들이 쳐다보거나 말거나 트럭에 걸터앉아 담배를 피워 물었다. 보험 처리를 하든, 사과를 하든, 보상을 하든 장씨가 알아서 하겠지. 한참 뒤에나 장씨가 내려왔다. 장씨가 유순을 향해 못 말리겠다는 표정을 지었다.

"왜? 뭐?"

"잘하셨다고."

유순은 바닥에 침을 뱉고 트럭에 시동을 걸었다. 하루 종일 애써 일했는데 끝이 지저분하니 마음이 영 별로였다. 아픈 허리는 가라앉을 줄 몰랐다. 마치 무거운 돌덩이를 업고 있는 기분이었다. 제길, 유순은 혼잣말을 하며 액셀을 밟았다. 퇴근 시간에 걸리지 않으려면 조금 더 속도를 내야 했다. 짐을 실은 트럭을 운전할 때는 괜히 등허리가 묵직한 기분이 드는 반면 빈 트럭을 몰 때면 어깨가 가벼워진 것 같았는데 오늘은 그렇지도 않았다.

샤워를 마치고 나오니 부재중 전화가 와 있었다. 혜서였다. 열흘 만의 연락이었다. 유순은 헐레벌떡 혜서에게 다시 전화를 걸었지만 받지 않았다. 열 번도 넘게 전화를 걸었지만 열 번 내내 받지 않았다. 급기야는 전원이 꺼졌다는 안내가 들려왔다. 문자와 카톡을 남겼는데도 반응이 없었다. 유순은 길게 한숨을 쉬었다. 한번 의심하거나 걱정하기 시작하면 끝이 안 보이는 것이 자식의 일이었다. 별일 없을 거라고 믿어야 별일이 없을 것이었다.

형편이 어려운 집 자식들은 부모 고생한다며 제 앞길을 알아서 척척 잘 찾아간다는데 혜서는 그런 딸은 못 되었다. 삼수와 두 번의 휴학을 하느라 졸업이 늦은 데다, 그 와중에 탐탁지 않은 연애에, 무엇보다 적당한 직장을 찾지 못한 채 아르바이트만 전전하는 게 제일 근심이었다.

혜서는 낮에는 사진관에서 촬영 보조로, 밤에는 프랜차이즈 카페에서 아르바이트를 했다. 해를 못 봐서 그런지 혜서의 얼굴은 늘 허옇게 떠 있었다. 하지만 유순은 혜서를 딱하게 생각하지 않으려고 애썼다. 그렇게 생각하면 결국 딸아이를 낳은 자신을, 돈이 많지 않아 편하게 키우지 못한 자신을, 뭐든 마음껏 못 해준 자신에 대한 원망을 피할 도리가 없었다. 부잣집 자식들처럼 원하는 걸 다 해주지 못한 안타까움이야 어느 부모인들 다르지 않겠지만 아빠 없이 자란 혜서에게는 더더욱 미안했다. 그러나 하루 종일 고되게 일하고 들어오면 혜서와 눈 한 번 마주치지 못하고 쓰러져 잠들기 일쑤였다. 혜서의 마음결을 읽어주는 데 서툴렀고 여유도 없었다. 유순은 어쩔 수 없었던 자신의 입장을 혜서가 이해해주길 바랐다.

사내처럼 짧은 머리를 수건으로 탁탁 쳐내며 말리는데 노모가 밥 먹으라고 소리를 쳤다. 백발에 허리가 잔뜩 굽은 노모는 보기와는 달리 정정해서 집안 살림을 도맡고 있었다. 아이가 어릴 때, 필요할 때는 쳐다보지도 않던 노모가 오갈 데 없는 군살림처럼 유순의 집으로 들어와 같이 살기 시작한 게 3년 전이었다.

노모와 사이가 안 좋게 된 건 30년 전부터였다. 노모는 유순이 석철을 만나는 것을 반대했다. 부모, 형제가 없는 남자인 데다 유순보다 여덟 살이 어리다는 이유였다. 그러나 이미 사랑에 빠진 유순에게 그런 이유는 아무 문제가 되지 않았다.

유순이 일하는 카센터에 새로 들어온 석철은 사장의 외조카였다. 고등학교를 갓 졸업한 스무 살이라고 했다. 사장의 누이 부부가 지난해에 부부동반 단체여행에서 교통사고로 세상을 떴다는 걸 유순은 이미 알고 있었다. 유순은 석철의 고요함이 슬픔 때문이라는 것도 알았다. 기술 하나 없는, 하얀 피부에 말수가 적고 키만 멀쑥하게 큰 석철은 카센터에 쉽게 적응하지 못했다. 거칠고 시끄러운 세계에서 석철만 유일하게 고요한 사람이었다. 유순은 석철이 딱했고, 안타까웠으며, 걱정이 되었다. 그것이 사랑의 시작이었다. 석철 또한 유순의 사랑을 마다하지 않았다. 석철에게 유순은 어느 날 갑자기 사라져버린 부모를 대신해 가장 친절하고 가장 따스한 사람이었던 것이다.

노모는 결혼은 고사하고 어떻게든 석철로부터 유순을 떨어뜨려 놓으려 했다. 그러나 노모의 만류에도 불구하고 유순은 석철과 헤어질 생각이 전혀 없었다. 얼마 안 가 유순은 노모에게 석철의 아이를 가졌다는 것을 알렸다. 그쯤

되면 모든 걸 포기하고 석철을 받아들일 줄 알았는데, 노모는 아랑곳하지 않고 아이를 지우고 석철과 헤어지라고 다그쳤다. 결국 남자와 어미 중에서 고르라는 노모의 으름장에 유순은 주저 없이 석철을 선택했다. 유순은 스무 살 때부터 모아왔지만 얼마 안 되는 돈과 노모의 적금통장을 훔쳐 집을 나왔다. 살다 보면, 잘 살다 보면, 둘이 행복하게 잘 살다 보면 어떻게든 용서해주고 이해해주고 인정해줄 날이 올 거라 믿었다.

유순이 들고 나온 돈으로 도시에 방 하나를 겨우 얻었다. 석철은 다시 카센터에서 일을 시작했고 유순은 부업거리를 찾아 혜서를 낳는 날 아침까지 일을 했다. 석철은 젊었고 유순은 건강했다. 서른 살과 스물두 살에 엄마와 아빠가 된 유순과 석철은 행복했다.

그 당시 유순과 석철의 꿈은 카센터를 차려 도시에 제대로 정착하는 것이었다. 목돈을 만들기 위해 석철도 유순도 열심히 일을 했다. 유순과 석철은 돈이 되는 일이라면 뭐든 마다하지 않았다. 몸은 고단해도 희망이 있던 시절이었으나 오래가지 못했다. 석철은 성실했으나 세상 물정에 어두웠다. 석철이 사기를 당하지 않았더라면 계획대로 혜서가 다섯 살이 될 쯤에는 작게나마 카센터를 열 수도 있었을 것이다.

인생이란 시련의 파도를 넘어가는 과정이었지만 누군가는 그 파도에 물거품이 돼버리기도 한다. 마치 겨우 참아왔다는 듯이 순식간에 훅 쓰러져버린 석철은 그 자리에서 일어나질 못했다. 현실을 받아들이지 못하는 석철만 바라볼 수 없었던 유순은 일을 더 해야 했다. 낮에는 설렁탕집에서 밤에는 24시간 감자탕집에서 일을 했다. 혜서의 끼니를 해 먹이는 것 외에 석철은 하루 종일 술에 취해 있곤 했다.

노모가 내온 밥상은 고추장감자찌개에 돼지고기 보쌈한 접시, 계란 프라이 세 개, 풋내 나는 열무김치로 차려져 있었다. 종일 백반 한 그릇으로 버틴 유순은 허겁지겁 밥공기를 비웠다. 텔레비전에는 흘러간 가요 프로그램이 틀어져 있었다.

"밥 좀 더 줘."

"새끼가 어디서 뭐 하고 사는지도 모르는데 밥이 먹히냐?"

'등이 휠 것 같은 삶의 무게여…….' 귀가 어두운 노인네여서 텔레비전 소리가 쩌렁쩌렁 울렸다. '이젠 그 누가 있어 이 외로움 견디며 살까…….' 아휴, 정신 사나워. 유순은 말은 그렇게 하면서도 텔레비전의 소리를 줄이거나 끄지 않았다. 노모도 말은 그렇게 하면서도 내민 빈 공기에 다시 밥을 수북이 담아주었다. 유순은 쌈장을 찍은 보쌈을 크게 뜬 밥 위에 얹어 한입에 넣었다. '이 늦은 참회를 너는 아는지…….' 노모가 벽에 걸린 시계를 올려다보며 혜서가 밥은 먹고 다니는지 걱정된다며 혼잣말을 했다.

"걔가 애야? 알아서 하겠지."

"어미란 것이……."

"그래서 엄만? 애 들쳐 업고 찾아간 나를 그렇게 쫓아낸 사람이 누군데? 그래놓고 잘 먹고 잘 사셨어?"

"저 좋자고 나간 딸년인데 내가 뭣 하러."

"나도 마찬가지야."

"그럼 너도 나처럼 살아봐라, 이년아."

유순이 벌떡 일어나자 노모가 슬그머니 눈을 피했다. 유순은 냉장고에서 반쯤 남은 소주를 꺼내 그 자리에서 병째 한 모금 마셨다. 노모는 꼭 쓸데없는 소리를 해서 유순의 속을 뒤집어놓곤 했다. 내친김에 혜서에게 다시 전화를 걸었지만 여전히 받지 않았다.

"받지도 않을 거면서 왜 전화를 걸어 갖고!"

유순이 냉장고 옆에 세워져 있는 크릴새우오일 상자를 발로 냅다 차버렸다. 노모가 구시렁대며 상을 치우고선 쓰러진 상자를 끌어다 다용도실로 옮겼다. 유순은 한 모금 마저 마시고 남은 소주를 다시 냉장고에 넣었다.

혜서가 유순의 신용카드를 들고 나간 걸 알아차리자마자 분실신고를 해버렸는데, 그냥 둘걸 그랬나 하는 후회가 들었다. 사실을 안 순간에는 괘씸해서 신고부터 했는데, 애 숨통이라도 틔게 뒀어야 했나 싶었다. 30여 년 전의 자신을 떠올리면 얼마나 막막하고 두려울까 싶어 가슴이 아렸다. 그래도 제가 먼저 전화를 걸어왔다는 사실만으로 유순은 한숨이 놓였다. 여하튼 연락을 끊겠다는 의지는 아니니까. 순간 가슴이 옥죄어왔다. 혜서가 나간 뒤로 나타난 증상이었다. 누군가 쥐어뜯는 것처럼 아팠다. 그때마다 빈방에 혼자 남아 목이 쉬도록 울고 있는 네 살짜리 혜서가 자꾸 떠올랐다.

24시간 감자탕집에서 일을 마치고 집에 돌아오면 아침 9시가 다 된 시간이었다. 골목에 들어서는데 그악스럽게 울어대는 어린아이의 소리가 들렸다. 설마, 하는 마음으로 걸음을 재촉했다. 집에 가까워질수록 아이의 울음소리가 크게 들렸다. 유순은 가슴이 터질 것 같은 불안함으로 방문을 열었다. 빈방에 혼자 앉아 있던 혜서가 목이 쉬도록 울고 있었다. 혜서는 유순을 보자마자 더 자지러지게 울어댔다. 헝클어진 이부자리와 굴러다니는 술병만 보일 뿐 석철은 없었다. 좀처럼 울음을 그치지 못하는 혜서를 안고 얼러 간신히 진정시키고 나니 그제야 술에 취한 석철이 비칠거리며 방으로 들어섰다. 손에는 소주가 담긴 비닐봉투를 쥐고 있었다.

이렇게는 살 수 없다고 생각하자 앞뒤 잴 것도 없이 당장 석철의 짐을 싸기 시작했다. 석철은 그런 유순을 말리지도 않고, 뭐라 변명도 하지 않은 채 묵묵히 지켜보기만 했다. 유순은 석철의 짐을 방문 밖으로 집어 던지며 나가라고 소리쳤다. 꼴 보기 싫으니 나가버리라고, 다시는 돌아오지 말라고, 겨우 그깟 걸로 이렇게 무너지는 사람이면 평생 같이 못 산다고 고함을 질러댔다. 가만히 서 있기만 하던 석철이 조용히 짐을 들고 집을 나갔다. 그것이 석철의 마지막이었다.

노모가 믹스커피를 내밀었다. 유순은 커피를 들고 다용도실로 나가 창문을 열고 담배를 피웠다. 연립주택의 제일 위층이었으므로 남 눈치 안 보고 피울 수 있는 유일한 곳이었다.

"나가서 피우라니까!"

노모가 다용도실 문을 두드리며 소리쳤다. 유순은 그러

거나 말거나 한 대 더 물었다.

노모를 모시던 큰아들의 사업이 기울기 시작하자 부지런히 작은아들네로 옮기더니, 작은아들이 이민을 간다니 상의도 없이 유순을 찾아왔다. 석철이 집을 나가고 혼자가 된 유순이 막막한 마음에 혜서를 업고 찾아갔을 때, 모질게도 끝까지 문을 열어주지 않았던 노모였다. 제 발로 나갔으니 제 맘대로 들어올 수 없다는 것이었다. 어린 혜서가 배가 고프다고 보채는데도 유순은 문밖에서 한참을 울다 뒤돌아서야만 했다. 절대 그날을 잊지 않겠다고 마음먹었던 유순이었으나 갈 데 없다는 노모를 팽개칠 수는 없었다.

혜서가 집을 나가게 된 건 사실 유순 때문이었다. 혜서를 설득시키지 못한 유순은 급기야 혜서와 사귀던 사람을 만날 수밖에 없었다. 유순이 전한 말은 짧고 간결했다.

"나는 우리 혜서가 나처럼은 안 살았으면 해요."

유순의 말에 피부가 검고 구레나룻이 지저분한 청년이 고개를 끄덕였다. 유순은 그걸로 끝이라고 생각했다. 그러나 그 사실을 알게 된 혜서가 유순에게 자기 인생에 끼어들지 말라고 대들었다.

"껴들다니! 엄마니까 이러는 거 아냐!"

"엄마면 자식이 행복하기를 바라야지!"

"네가 지금 불행으로 가는 게 뻔한데, 그냥 가게 둬 그럼?"

"왜 내가 엄마와 똑같을 거라고 생각하는데? 엄마가 불행했다고 나도 불행할 것 같아?"

그 말에 유순은 입을 다물고 말았다. 유순은 혜서만큼은 평범하게 살았으면 했다. 남들처럼만 살았으면 했다. 배운 만큼 써먹고, 번 만큼 쓰면서 살아가길 바랐다. 불확실하고 불안한 인생의 복판으로 들어가는 걸 말리고 싶었다. 허락받지 못한 결합의 끝이 어떤 것인지 몰랐으면 했다. 그러나 마음과 달리 말은 제멋대로 쏟아져 나왔다.

"알았어. 알았으니까 나가! 네 인생에 안 끼어들 테니 나가. 잘 먹고 잘 살아봐 한번. 엄마 이겨먹은 것들 인생이 어떻게 돌아가는지 네가 겪어봐야 알지! 그러다 덜컥 애라도 배야 정신 차리지!"

마지막 말은 하는 게 아니었는데, 뱉고 나니 주워 담을 수 없었다. 다음 날 혜서는 정말 집을 나가버렸다.

9시까지 찾아간 곳은 제법 규모가 큰 이자카야였다. 식당 파출 일은 설거지는 물론이고 재료 손질, 허드렛일과 주방 보조 역할까지 하는 일이었다. 한 가게에 정기적으로 나가는 경우도 있고 이렇게 일당직으로 갈 때도 있었다. 지난달부터 정기적으로 다닌 곳은 갓 개업한 족발집이었다. 장사가 처음인 젊은 부부가 주인이었는데 결국 문을 닫고 말았다. 창업 시기가 하필 전염병과 맞물려 있었다. 자영업자들이 망해가는 나날이었다. 일당직 자리도 급격히 줄어들어 일을 찾는 것 자체가 힘들었다. 일당직을 구한 오늘은 운이 좋은 편이었다.

이자카야는 손님이 그리 많아 보이진 않았지만 주방은 분주했다. 안녕하십니까, 조리대와 화구 앞에 있던 두 명에게 큰 소리로 인사를 하고 곧바로 장화를 갈아 신었다. 설거지통에는 이미 식기세척기 한 판 정도의 그릇이 쌓여 있었다. 방수 앞치마를 두르고, 면장갑 위에 고무장갑을 끼고 선 곧바로 설거지를 시작했다. 양념이 묻은 웍과 냄비, 무거운 사기그릇 들이 대부분이었다. 물기까지 닦아 그릇장에 넣으니 주문이 들어오기 시작했다. 조리사들이 분주하게 움직이고 연달아 타이머 알림음이 들렸다. 유순은 설거지를 하면서 눈치껏 기본 찬을 담아 쌓아두거나 넘치는 알탕의 불을 꺼주기도 했고, 틈틈이 조리대를 깨끗하게 닦아 놓았다. 이 일을 하면서 는 것은 눈칫밥과 부지런함이었다.

빈 그릇들이 들어오기 시작했다. 화구와 튀김기, 식기세척기의 열기 때문에 주방은 한증막 같았고, 설거지통에는 금세 빈 그릇이 쌓였다. 요즘 같은 때인데도 먹고 마시는 손님은 많은 모양이었다.

식기세척기 여섯 판을 돌리자 잠시 틈이 생겼다. 12시가 다 되어가고 있었다. 건물 밖 주차장 골목에서 담배를 피우며 핸드폰을 확인하니 그사이 혜서에게 전화가 와 있었다. 유순은 얼른 혜서에게 전화를 걸었지만 또 받지 않았다. 시간을 보니 카페 마감할 시간이었다. 유순은 서둘러 문자를 보냈다.

—엄마 일하느라 못 받았어. 미안.

보내고 나니 미안하다고 말한 것이 걸렸다. 아직 화가 나 있다고, 아직 노여움이 안 풀렸다고, 아직 서운하다고 표현하고 싶은데 너무 빨리 너그러워진 것 같았다. 아니다. 그런다고 달라지는 것도 없지 않은가. 괜한 신경전을 벌일 것이 아니라 차라리 하루라도 빨리 혜서가 잘 살도록 돕는 게 나은 일이지 않을까. 끝이 뾰족해진 담배꽁초를 끄며 후우, 한숨을 쉬듯 담배 연기를 뱉었다. 유순이 담배를 끊지 못하는 이유는 바로 이렇게 마음껏 한숨을 쉴 수 있기 때문이었다. 허리가 계속 육중한 통증으로 거북했다. 오십견인지 오른쪽 팔도 자꾸 불편했다. 연거푸 담배 두 개비를 피운 뒤에 기다리겠다는 장씨의 문자를 확인하고 다시 주방으로 들어갔다.

석철이 나가고 난 뒤 혼자 혜서를 키우는 동안 유순에게는 몇몇의 남자들이 있었다. 주로 일하는 곳에서 어울리게 된 남자들이었다. 공장장이거나, 거래처 직원이거나, 사장이거나 단골이기도 했다. 몇 번 만나다 헤어진 적도 있고 몇 년씩 관계를 유지하던 사이도 있었다. 어느 남자는 잠자리만 원했고, 어느 남자는 우정이길 바랐고, 어느 남자는 유순을 엄마처럼 생각하기도 했다. 남자들의 나이도, 결혼 유무도 다 제각각이었다. 그러나 항상 남자들이 먼저 다가왔고 남자들이 먼저 떠나갔다. 남자가 떠날 때마다 유순은 자기 이름이 참 부질없다고 생각하곤 했다.

장씨만 유일하게 유순을 떠나지 않은 사람이었다. 식당 일을 마칠 때면 그 앞에서 기다렸다가 집까지 데려다주는 장씨가 남편처럼 여겨질 때도 있었다. 그럴 때마다 고개를 저었다. 장씨의 큰아들 결혼식 이후로 유순은 마음을 자꾸 멀리하려 애썼다. 외로운 사람들끼리 몸을 섞은 걸로 무슨 큰 인연이나 된 것처럼 여기지 말자. 언제 떠나도 아쉽지 않게, 언제 사라져도 아무렇지 않게, 언제 없어져도 이상하지 않게……라고 생각은 했지만 어려운 일이었다. 장씨와 함께 있으면 유순은 자꾸 다음을, 내일을, 미래를 희망하게 됐다.

"오늘 같이 있을까?"

"피곤한데. 내일도 나와야 하잖아."

"아님 뭘 좀 먹을려?"

장씨의 옆얼굴을 물끄러미 바라보던 유순은 왠지 쓸쓸해졌다. 처음부터 장씨 같은 남자를 만났으면 어땠을까. 아비 없는 아이를 키우며 돈에 쩔쩔거리고, 손톱이 자랄 틈 없이 일을 하고, 허리가 부서지도록 하루하루를 보내지도 않았겠지. 하루 종일 고되게 일하느라 아이를 외롭게 혼자 두지도 않았겠지. 장씨가 유순의 대답을 기다리고 있었다. 혜서가 집을 나간 이후로는 장씨와 함께 밤을 보낸 적이 없었다. 유순은 슬그머니 장씨의 오른손을 잡았다. 두툼하고 마디가 굵은 장씨의 손은 뜨거웠다. 자기와 다른 체온을 느끼자 유순은 어쩔 수 없이 장씨에게 기대고 싶어졌다. 이런 사람이었다면 별일 없이, 순탄하고 수수하게 한평생을 살 수 있지 않았을까. 그저 외로울 때 몸을 덥혀주는 존재이길 바랐지만 생각처럼 쉽지 않았다.

장씨는 피곤하면 무리하지 말라고 했지만 어느새 장씨 동네로 방향을 바꾼 상태였다. 유순은 혜서에게 메시지를 남겼다. 엄,마,가,내,일,다,시,연,락,할,게,내,일,은,통,화,하,자. 글씨를 다 입력하고선 잠시 머뭇댔다. 자고 있을 텐데, 괜히 깨우는 건 아닌가 싶었다. 유순은 문장을 지워버렸다.

"혜서는 요즘 뭐 해?"

"맨날 똑같지 뭐."

장씨의 큰아들과 며느리는 모두 초등학교 교사였다. 서른 살 둘째는 졸업하자마자 공무원이 되어 독립했고, 막내는 작년부터 카투사로 복무 중이었다. 언젠가부터 장씨가 혜서의 안부를 물을 때마다 장씨의 아들들과 비교되는 것 같아서 말을 아꼈다.

처음에는 여관을 들락거렸지만, 장씨의 아들들이 집을 떠나면서는 장씨의 집에서 만나곤 했다. 장씨의 집은 3층짜리 다세대주택으로 장씨가 사는 2층을 제외한 지하와 옥탑방까지 세를 주고 있었다. 자기에게 시집오면 노후는 걱정하지 않아도 된다고 했는데. 장씨는 자기가 그런 말을 했다는 것도 잊었을 게 뻔했다. 유순은 장씨를 따라 발소리를 죽이며 2층으로 올라갔다. 현관에서 신발을 벗던 장씨가 엇? 하는 소리를 내며 주춤거렸다. 갑자기 방문이 열리면서 머리가 짧은 청년이 불쑥 나타났다. 장씨가 팔꿈치로 유순을 뒤로 쑥 밀었다. 유순이 현관문 밖으로 밀려났다. 장씨가 서둘러 문을 닫았다. 유순은 닫힌 현관문을 한참 쳐다봤다. 하아, 유순은 깊은 숨을 내쉬고 간신히 발을 뗐다. 계단을 내려오는데 얼굴이 화끈거렸다.

"언제 인사 좀 시켜줘."

짐짓 진지하게 말하던 혜서의 얼굴이 떠올랐다. 혜서가 제 아비에 대해 더 이상 물어보지 않은 건 초등학교에 입학하기 전부터였다. 어린 혜서가 아빠를 찾을 때마다 유순은 밑도 끝도 없이 무조건 없다고 대답했다. 사진 한 장 남겨놓지 않았고, 어떠한 설명도 해주지 않았다. 마치 유순 혼자 혜서를 가지고 낳고 기른 것처럼 굴었다. 혜서에게 아빠는 그저 없는 존재여야 했다. 그런 혜서가 20대가 돼서는 만나는 사람 있으면 소개해달라고 말하기 시작했다. 다른 사람은 몰라도 장씨라면 소개할 만하다고 생각했다. 혜서에게 아버지를 만들어줄 수도 있다고 생각했다.

빠른 걸음으로 골목을 벗어나 대로로 나오자 숨이 턱까지 차올랐다. 유순은 간신히 숨을 고르고 담배를 물었다. 유순은 자기가 걸어온 골목을 뒤돌아보았다. 가로등 불빛이 내려앉은 곳을 제외하고는 깜깜하기만 했다. 유순은 그

자리에 털썩 주저앉았다. 장씨에게 온 연락은 없었다. 오금에, 목덜미에, 겨드랑이에, 콧잔등과 가슴골에 흘러내리는 땀이 고스란히 느껴졌다. 열대야였다. 휑한 도로가에 편의점 불빛만 환했다. 유순은 편의점으로 들어가 캔맥주 하나를 계산했다. 그러고는 에어컨 바람이 나오는 곳에 서서 단숨에 캔맥주 하나를 다 마셔버렸다. 아르바이트생이 자기를 빤히 쳐다보는 걸 알았지만 아랑곳하지 않았다.

집으로 향하는 택시 안에서 유순은 핸드폰만 내려다보았다. 방금 전에 장씨가 보낸 메시지의 의미에 대해서 골몰했다.

—막내가 연락도 없이 왔네. 내일 늦지 않게 사무실로 오시고.

아들에게 자기를 소개하지 못한 이유는 차치하더라도 그렇게 보내서 미안하다고는 말해야 하는 것 아닌가. 생각해보면 아들에게 자기를 소개하지 못할 이유는 무엇인가. 다 큰 자식이 늙은 아버지의 연애를 이해 못 해줄 까닭이 없지 않은가. 이해 못 한다 해도 자기를 이렇게 내보내서는 안 되는 것이었다. 그보다도 그 세월 동안 유순의 존재를 숨겼다는 것이 더 처참하게 느껴졌다. 유순은 마른세수를 했다. 어쩔 수 없이 몹시 서글펐다.

집에 도착하니 새벽 4시가 다 되어가고 있었다. 찬물로 샤워를 하고 나니 그제야 정신이 좀 드는 것 같았다. 거실의 찬 바닥에 벌렁 누웠다. 공기는 후텁지근한데 오소소 소름이 돋았다. 문득 이상한 기분이 들었다. 혜서의 방을 바라보니 문이 닫혀 있었다. 방문을 열면 거기에 혜서가 있을 것만 같았다. 유순은 자리에서 일어나 방문을 열어보았다. 혜서의 방에는 검푸른 어둠만 덩그러니 놓여 있었다. 혜서의 목소리를 직접 듣지 못한 것이 불안했다. 괜한 생각이 번져나가기 시작했고, 나쁜 상상이 자꾸 가지를 뻗었다.

창밖이 허옇게 밝아오고 있었다. 두 시간 뒤에는 집을 나서야 했다. 한숨도 자지 못한 유순은 온몸이 부서질 것 같았다. 하루가 너무 길었다. 노모의 쌀 씻는 소리가 천연덕스럽게 들렸다. 새벽부터 매미가 울어댔고, 유순은 아까부터 피가 맺힌 줄도 모르고 거스러미를 뜯어내고 있었다. 그때 전화가 걸려왔다. 혜서였다. 그러나 유순은 선뜻 전화를 받지 못했다. 반갑고 두려웠다. 새벽의 벨소리가 점점 크게 울렸다.

너를 보내는 들판에
마른 바람이 슬프고
내가 돌아선 하늘엔
살빛 낮달이 슬퍼라

오래도록 잊었던
눈물이 솟고
등이 휠 것 같은
삶의 무게여

가거라 사람아
세월을 따라
모두가 걸어가는
쓸쓸한 그 길로

— 임희숙, 〈내 하나의 사람은 가고〉 중에서

작가 노트

구슬 자수를 부업으로 하던 엄마는 늘 라디오를 틀어놓고 있었다. 그 옆에서 엎드려 숙제하는 걸 좋아했던 나는 내 또래에 비해 가요를 빨리 접한 어린애였을 것이다. 〈내 하나의 사람은 가고〉도 아마 그 시절에 들었겠지.

조숙한 아이라는 말을 들으며 자랐지만 '마른바람'이라든지, '슬픈 낮달', '등일 휠 것 같은 삶의 무게', '참회' 같은 노래 가사가 무슨 의미인지 깨닫게 되기까지는 많은 시간이 흘러야 했다. 아무래도 그 시절의 엄마 나이쯤은 됐을 때였을까.

아니, 어쩌면 나는 아직도 본래의 뜻을 다 헤아리지 못했을 것이다. 여전히 여물지 못한 어른인 데다 삶이라는 단어 앞에선 곧잘 아득해지기 때문이다.

인생이 무엇인지 잘 모르는데 소설을 쓰는 사람으로 살아도 괜찮은 걸까. 의심과 걱정은 오늘도 여전하고, 보고 듣는 것은 희미하기만 한데 염치없이 나이는 꼬박꼬박 늘어간다. 나이가 드는 만큼 나잇값을 하고 싶어도 인생이 노랫말처럼 수월히 살아지는 게 아니더란 것만 알겠고.

그러니 1970년대에 태어난 사람에게도 이 테마소설집에 참여할 수 있는 기회가 닿아 얼마나 감사했던지!

놓친 여자

최정나

2016년 문화일보 신춘문예에
단편소설 「전에도 봐놓고 그래」가 당선되어 작품 활동을 시작했다.
소설집 『말 좀 끊지 말아줄래?』가 있다.

미연의 차가 신호등 앞에 정차했다. 상우는 조수석에 앉아 비상등을 켰다. 뒷좌석에서 굼뜨게 움직이던 찬성이 가방을 가지고 차에서 내렸다. 상우는 붉게 상기된 얼굴로 조수석 유리창을 내렸다.

아들, 오늘 잘하고 와! 상우가 외쳤다.

찬성이 조수석 창가로 다가와 고개를 끄덕였다.

엄마한테 전화하는 것도 잊지 말고. 미연이 조수석 쪽으로 몸을 기울여 말했다.

찬성은 어깨에 멘 가방을 크게 한번 들썩이고는 횡단보도 앞으로 걸어갔다. 유리창 너머로 보이는 찬성에게, 부부는 시선을 떼지 않았다. 보행 신호등이 켜지자 찬성이 길을 건넜다. 상우는 찬성의 진행 방향을 눈으로 좇다가 횡단보도 건너편에 서 있는 여자애를 발견했다.

저기 서 있는 저 여자애 아니야? 저기, 저 파란 반바지 말이야.

출발하려고 사이드 브레이크를 내리는 미연의 어깨를, 상우가 쳤다. 미연은 황급히 사이드 브레이크를 올리면서 상우의 손가락이 가리키는 쪽을 바라봤다.

멀어서 잘 안 보이네. 미연이 운전석 유리창을 내렸다.

한낮의 열기가 차 안으로 훅 끼쳐 들어오자 잔뜩 찌푸린 얼굴을 뒤로 뺀 미연이 에어컨 온도를 끝까지 내렸다. 그런 다음 송풍구 방향을 조절하고는 다시 차창에 달라붙었다. 미연의 머리에 시야가 가리는 것을 피해보려고 고개를 이리저리 옮기던 상우가 차를 조금만 뒤로 빼라고 재촉했다. 미연은 횡단보도 건너편을 살피며 응, 응, 하고 대꾸했지만 움직이지는 않았다. 상우는 몸을 앞으로도 기울여보고 옆으로도 기울여보다가 글러브박스에 오른쪽 어깨를 붙이고서야 간신히 시야를 확보했다.

찬성이 언제 저렇게 자랐지? 상우의 눈가가 촉촉해졌다. 정말 조그맣고 보송보송했는데 어느새 다 커서 데이트를 하잖아. 우리가 처음 만났을 때도 찬성이만큼 어렸나? 상우가 중얼거리듯 물었다.

찬성이 스물이니까 우리가 조금 더 많았지. 그래도 스물넷은 결혼하기에 참 아까운 나이야.

상우는 고개를 끄덕이며 미연의 뒤통수를 쳐다봤다. 햇볕에 탄 미연의 모발은 끝이 다 갈라졌다. 에어컨 바람에 머리카락 몇 올이 부스스 일었다.

만난다! 미연이 소리쳤다.

상우도 시선을 옮겼다.

찬성이 횡단보도를 건너서 파란 반바지에게 다가가자 여자애가 환하게 웃으며 손을 흔들었다. 찬성은 반바지 옆에서 한동안 우왕좌왕하며 뭉그적거렸다. 반바지가 손가락 끝으로 횡단보도 건너편을 가리켰다. 찬성은 여자애를 똑바로 바라보지 못하고 목에 스프링이 달린 인형처럼 연신 고개만 끄덕였다. 신호등이 녹색으로 바뀌었을 때 반바지가 찬성의 소맷단을 잡아끌었다. 둘은 미연의 차가 있는 쪽으로 건너왔다.

이쪽으로 오나 봐. 어쩌지? 들키겠어. 미연이 당황했다.

일단 누워! 상우도 다급하게 외쳤다.

부부는 동시에 의자 등받이를 뒤로 젖혔다. 머리를 등받이에 붙이고 누운 상우의 얼굴에 뜨거운 햇빛이 비쳐 들었다. 상우가 눈살을 찌푸리며 두 눈을 꼭 감았다가 실눈으로 미연을 봤다. 흥분한 탓에 등받이에 누운 미연의 얼굴은 붉었다. 상우와 눈이 마주친 미연은 이 상황이 즐겁다는 듯 살짝 웃고는 고개만 길게 빼서 창밖을 내다봤다. 미연의 목에서 푸르스름한 정맥이 도드라졌다. 상우는 빠르게 뛰는 미연의 맥박을 바라보며 흐뭇하게 미소 지었다.

이쪽은 쳐다보지도 않는데. 미연이 서운한 투로 말하며 몸을 일으켰다.

누우라니까! 상우가 손바닥으로 미연의 빗장뼈를 꾹 눌렀다.

정말이야. 이쪽은 신경도 안 쓴다고! 미연이 상우의 손을 치웠다.

우리 재미있으라고 눈감아 주는 거겠지. 속이 깊잖아.

아니야. 우리가 떠나지 않고 여기 있다는 걸 모르는 것 같아. 미연이 등받이를 세웠다.

우리 찬성이 그럴 리가? 상우는 믿을 수 없다는 듯 고개를 들어 창밖을 내다봤다.

찬성이 여자애와 함께 횡단보도를 건너고 있었지만 그들이 있는 쪽으로는 시선을 주지 않았다. 상우는 실망해서 허리를 폈다. 등받이도 세웠다.

내 차를 가져오는 게 나을 뻔했어. 그랬다면 인사하러 왔을 수도 있었어.

그게 더 크니까 그랬을지도 모르지. 미연이 뾰로통해져서 고개를 끄덕였다.

부부는 횡단보도를 건너 왼쪽으로 꺾어지는 둘의 뒷모습을 지켜봤다. 파란 반바지가 프랜차이즈 레스토랑을 가리켰고, 둘은 동시에 그곳으로 들어갔다. 미연이 레스토랑 입구를 물끄러미 바라봤다. 상우는 할 일이 없어진 사람처럼 갑자기 조용해져서는 차 문 손잡이를 만지작거렸다. 세 단이 공회전하는 동안 신호가 여러 번 바뀌었지만 상우는 손잡이에서 손을 떼지 않았다. 미연의 차가 내뿜는 열기 때문에 행인들은 손부채질하며 길을 걸었다. 햇빛을 받은 보닛에서도 열기가 올라왔다. 열기는 도로의 매연과 뒤섞여 허공으로 떠올랐다. 그 때문에 유리창 너머 보이는 풍경이 지글지글 끓었다.

그나저나 우린 어쩌지? 계속 여기 있을 수는 없잖아. 미연의 목소리에 짜증이 배어들었다.

우리도 프랜차이즈 레스토랑으로 가야지. 상우가 단호하게 말했다.

찬성이 알면 어쩌려고?

그러니까 우리는 옆 동네에 있는 프랜차이즈로 가야지.

상우의 말에 미연의 표정이 다시 밝아졌다. 그걸 본 상우도 활짝 웃었다. 상우는 땀에 젖은 손바닥을 바지에 문질러 닦고는 휴대폰으로 레스토랑 위치를 검색했다. 미연은 에어컨 온도를 낮췄는데 계기판의 숫자는 더 내려가지 않았다. 바람 세기를 최대치로 올린 미연이 햇빛 가리개 뒤에 붙은 화장 거울을 열어 제 얼굴을 비춰 봤다. 햇볕에 그은 피부에 홍조가 떠올라 얼굴이 울긋불긋했다. 미연은 이마에 맺힌 땀방울을 손등으로 꾹꾹 찍어내고는 핸드백에서 꺼낸 파운데이션을 얼굴에 덧발랐다. 미연의 차 뒤에 있던 택시 몇 대가 경적을 울리며 지나갔다. 검색을 마친 상우가 길을 안내했다. 운전대를 잡은 미연의 손이 경쾌하게 움직였다. 뙤약볕에 녹은 아스팔트에 차바퀴가 들러붙었다가 떨어지는 소리가 났다. 차는 쩍쩍거리는 소리를 내며 앞으로 나아갔다. 찬성이 들어간 곳과 같은 프랜차이즈 레스토랑은 횡단보도에서 두 블록 떨어진 데 있었다.

여기야, 여기!

상우가 큰 소리로 외치자 미연이 차를 홱 꺾어 주차장으로 들어갔다. 대기하고 있던 주차요원이 운전석 문을 열어주었다. 미연이 차에서 내렸다. 상우도 허둥거리며 차에서 내렸다. 주차증을 건넨 남자가 차를 몰고 주차 타워 안으로 사라졌다. 미연이 높이 뻗은 주차 타워를 올려다보며 등에 달라붙은 실크 블라우스를 매만졌다. 땀에 젖은 블라우스가 등에서 떨어졌다. 상우는 미연의 뒷모습을 물끄러미 바라봤다. 물방울무늬가 새겨진 스커트 뒷자락에도 자잘한 구김이 많았는데 미연은 알지 못했다. 상우가 와이셔츠 목깃의 단추 하나를 풀었다.

무척 더운 날씨야. 제 옆으로 다가오는 미연에게 상우가 말했다.

옷이 불편해.

아들의 첫 데이트잖아. 부모로서 성의를 보이려면 이 정도는 참아야 해.

맞아. 그러려고 우리 둘 다 차려입었으니까. 하지만 너무 더워서 몸이 녹아내릴 것 같아.

그러기 전에 빨리 들어가자. 안은 시원할 거야.

술에 취한 노인 둘이 주차장 옆 소공원을 향해 걸어오고 있었다.

청춘이 허무해요! 김 여사. 우리 청춘이 억울하다고! 휘청휘청 길을 걷는 남자가 제 옆에서 같이 휘청거리는 여자에게 외쳤다.

맞아요. 맞아! 허무하고 억울해요. 여자가 똑같이 외치고는 곧바로 까르르 웃었다.

그래 맞아! 그러니까 지금부터라도 실컷 먹고 실컷 마시고 춤이라도 마음껏 춥시다! 남자도 껄껄거리며 여자의 어깨에 손을 올렸다.

노인 둘이 길을 막고 지나가자 미연이 걸음을 멈추고 상우 옆에 바짝 붙었다. 상우는 노인들을 피해 건물 외벽에 붙어 꼼짝하지 않고 서 있다가 그들이 공원 벤치에 앉는 것을 확인한 후에야 걸음을 옮겼다.

쓸데없이 에너지를 쓰느라 인생을 낭비하는군. 상우가 조그만 소리로 중얼거리자 미연이 고개를 끄덕였다.

레스토랑은 2층이었다. 쾌적하고 시원했다. 출입문 안쪽에 서서 종업원의 안내를 기다리는 둘의 정수리에 에어컨 바람이 쏟아졌다. 미연이 천장에 설치한 에어컨을 향해 얼굴을 쳐들었다. 상우는 이마에서 흐르는 땀을 닦으며 주위를 훑어봤다. 붉은 계열의 실크 벽지는 살롱을 연상시켰는데 그 위에는 크기가 다른 그림 수십 점이 걸려 있었다. 정교한 조각을 새긴 금장 거울이 액자와 액자 사이에서 레스토랑 내부를 비쳤다. 주르르 놓인 테이블에는 외식을 나온 가족들과 연인들이 앉아 있었다. 연인들은 요리를 앞에 두고 와인 잔을 기울였다. 상우가 그 광경을 바라보고 있을 때 종업원이 다가와 자리를 안내했다. 둘은 창가 옆자리로 가 앉았다. 유리창으로 주차타워 입구와 소공원, 도로와 거리가 한눈에 들어왔다. 종업원이 다가와 세팅을 마친 테이블에 굽 달린 유리잔을 올려놓았다. 그런 다음 얼음이 가득 담긴 주전자를 높이 들어 물을 따랐다.

고마워요. 미연이 상냥하게 말했다.

종업원이 미소 띠며 돌아섰다. 상우는 물을 벌컥벌컥 들이마시고는 서둘러 메뉴판을 펼쳤다. 종업원이 주전자를 들고 다시 다가와 빈 잔에 물을 채웠다. 이번에는 상우가 부드럽게 미소 지었다.

긴장한 탓에 오전부터 아무것도 먹지 못했어. 종업원이 돌아서자 미연이 제 앞에 놓인 메뉴판을 펼쳤다.

찬성이 생애 첫 데이트인데 긴장할 만했어.

찬성이 무엇을 먹고 있으려나? 미연이 들떠서 메뉴를 살폈다.

지금쯤 엄청나게 긴장해 있겠지? 상우가 꿈꾸는 듯한 눈길로 미연을 바라봤다. 기억나? 우리도 처음 데이트할 때 그랬잖아.

이것 좀 봐. 여름 해변 스테이크 세트 메뉴가 인기라는데.

스페인풍 갈릭 토마토 브레드와 지중해풍 생기 가득 건강 샐러드, 허브 버터로 구운 육즙 가득한 이탈리아풍 등심 스테이크가 나오나 봐. 미연이 메뉴판에 적힌 설명을 읽었다.

우리도 와인 마실까? 상우가 옆 테이블에 앉은 연인을 보고 있다가 슬며시 물었다.

차가 있잖아. 미연이 거절했다.

상우는 아쉽다는 듯 연인에게로 시선을 돌렸다. 둘은 테이블 위에 올려둔 손을 서로 맞잡고는 다른 손으로 와인잔을 높이 들어 건배했다. 와인 병이 든 아이스 버킷 안에서 얼음 녹는 소리가 났다.

찬성이네도 와인 한 병 넣어줘야겠어. 상우가 나직한 소리로 말했다.

찬성이 여기 있지도 않은데 어떻게? 미연이 놀라 고개를 쳐들었다.

그러니까 프랜차이즈가 좋은 거야. 어디든지 똑같은 메뉴가 있지.

상우가 어깨를 으쓱하고는 종업원을 향해 손을 들어 보였다. 종업원이 주문서를 들고 곧바로 다가왔다. 상우가 목을 가다듬는 동안 종업원이 주문하겠느냐고 물었다.

우리 둘을 위해서는 여름 해변 스테이크 세트 두 개를

가져다주시고. 상우가 천천히 말했다. 스테이크는 둘 다 미디엄 레어로 부탁할게요. 그리고 또 한 가지, 와인을 추천받고 싶은데, 와인은 우리 둘을 위한 게 아니라…… 상우가 뜸 들였다. 실은 우리 아들이 생애 첫 데이트를 하고 있는데 공교롭게도 같은 레스토랑, 그러니까 여기서 두 블록 떨어진 데서 지금쯤이면 식사를 하고 있을 겁니다. 그쪽에 와인 한 병을 넣어주고 싶은데, 아! 물론 계산은 여기서, 우리가 하고요.

가능합니다. 종업원이 빠르게 대답했다.

잘됐군요. 그런데 육류를 먹는지 해산물을 먹는지 알 수가 없네. 상우가 주위를 둘러보는 체했다.

종업원은 상우의 말이 이어지기를 기다렸는데, 상우는 입을 다물고 종업원을 쳐다봤다.

알아봐 드릴까요? 종업원이 뒤늦게 물었다.

그래 주시겠어요? 당연히 아이들에게는 비밀로 해주시고요.

아, 정말 잘됐네요. 우리 아이는 화이트 폴로셔츠를 입고 있어요. 미연이 양손을 맞잡고 좋아했다.

상우는 느긋하게 앉아 매니저에게 다가가는 종업원을 바라봤다. 설명을 듣던 매니저가 무표정한 얼굴로 둘을 힐

끗 보다가 상우와 시선이 마주쳤을 때 표정을 바꾸었다. 매니저는 미소 띤 얼굴로 고개를 한 번 끄덕이고는 보란 듯이 프런트로 가서 수화기를 집어 들었다.

기억에 남겠지? 미연의 목소리가 커졌다.

당연히 남겠지.

당신은 정말 대단한 생각을 해냈어.

물론 우리 기억에도 남을 테고. 행복한 기억은 오래 남는 법이니까. 하지만 여기 직원들은 부모의 마음에 대해 제대로 이해하지 못하고 있어.

내가 보기에는 아주 친절한데. 손님의 마음을 제대로 이해하니까 이렇게 사람이 많겠지.

미연이 벽에 붙은 금장 거울을 바라봤다. 거울 속에서 사람들은 여유로운 몸짓으로 주말 오후를 즐기고 있었다.

당신도 아버님 사업을 이어받으면 좋을 텐데. 미연이 불쑥 말했다.

우리 찬성이 미래를 위해서라도 언젠가는 그래야지. 사실 아버지도 내가 사업을 이어받기를 바라셨어. 하지만 나는 레스토랑을 이어받기보다는 수준 높은 교육을 받는 걸 원했지. 아버지보다 나은 사람이 되고 싶었으니까. 그 때문에 대학원에 진학한 거고, 거기서 당신을 만날 수 있었던 거야. 상우가 연인이 앉은 테이블을 힐끔거리다가 다시 물었다. 우리도 와인 마실까?

찬성이 데리고 가려면 운전을 해야 해.

찬성이는 혼자서도 집에 갈 수 있어. 그쯤은 할 수 있는 나이야.

찬성이 아무런 부족함도 느끼지 않았으면 좋겠어.

찬성이는 지금도 행복해. 그렇게 키우느라 당신이 노력을 많이 했어.

휴대폰이 울렸다. 미연이 기대에 찬 얼굴로 핸드백 속에 손을 넣었다. 상우도 말을 멈추고 미연의 손에 시선을 고정했다.

엄마들 모임이야. 휴대폰을 확인한 미연이 실망했다.

찬성이 다 컸는데 그 모임에 언제까지 나가려는 거야?

이제 사교모임이지 뭐. 미연이 휴대폰을 내밀었다. 이것 봐.

이게 뭔데?

단체 토크 방인데 엄마들이 좋은 글귀나 사진 같은 걸 보내줘.

뭐가 이렇게 많아? 상우가 휴대폰 화면을 위로 쓸어 올리면서 물었다.

그래서 재미있는 거지. 미연이 웃었다. 부부 사이가 좋아지는 십계명도 있어. 아이들 교육 정보, 건강 정보, 재정 관리와 재테크 정보, 인테리어 정보 같은 것도 있어. 한 사람이 보내면 다들 기다렸다는 듯이 우르르 쏟아내. 나도 집에 가서 오늘 있었던 일을 이야기해줘야지.

스팸 메시지 같은데, 답변은 하나도 없고. 상우가 휴대폰을 미연에게 돌려줬다.

이거라도 없으면 사는 게 너무 지루해. 미연이 휴대폰 화면에 찬성의 전화번호를 띄우고는 말을 이었다. 문자라도 보내볼까? 어떻게 하고 있는지 궁금해.

제대로 놀라게 해주려면 조금 이따가 보내는 게 좋을 거야. 들뜬 미연을 바라보는 상우의 입가에 다정한 웃음이 고여 들었다. 당신, 그런 표정은 오랜만에 보는걸.

온다! 미연이 고개를 돌렸다.

상우는 기대에 차서 매니저를 기다리는 미연을 응시했다. 매니저가 다가와 깍듯하게 허리를 숙였다. 매니저를 바라보는 미연의 양 볼이 발그레해졌다. 상우는 모든 것이 만족스럽다는 듯 황홀한 표정으로 열기에 들뜬 미연을 지켜봤다.

아드님은 부모님과 같은 요리를 선택하셨고, 지금은 다

드셨다고 합니다. 매니저가 말했다. 그래도 와인을 준비하고 싶으시다면 추천해드리고 싶은 특별한 와인이 있습니다. 아드님의 경우, 특히 여성분과의 첫 데이트에서 식사가 거의 마무리되어 가는 경우는 달콤한 아이스와인이 잘 어울립니다. 알코올 도수는 조금 높지만 용량이 적어 음주에 대한 부담이 없을 뿐 아니라 디저트와 함께 곁들일 수도 있어서 데이트에 제격입니다. 마침 그쪽에 훌륭한 디저트 와인이 한 병 남아 있다고 하는군요.

그게 좋겠어요. 미연이 기도하듯 양손을 맞잡았다.

와인 리스트를 좀 보고 싶은데요. 상우가 부드러운 목소리로 말했다. 아들의 첫 데이트라 그런지 가능한 한 우리도 함께 즐기고 싶군요.

무슨 뜻인지 알겠습니다.

매니저가 와인 리스트를 테이블에 올려두고 한 걸음 뒤로 물러났다. 상우와 미연이 와인 리스트를 들여다봤다. 매니저가 추천한 아이스 와인을 본 미연이 상우의 눈치를 보며 아무렇지도 않은 체했다. 상우의 입가에 미소가 번지는 것을 본 매니저가 말을 이었다.

아드님은 정말 훌륭한 부모님을 두셨습니다. 첫 데이트에서 부모님께 받는 와인 이벤트라니, 두 분의 뛰어난 안목에 분명히 아드님도 기뻐하실 겁니다. 물론 오늘 아드님과 만나는 여성분도 그렇고요. 어떻게 해드릴까요?

메시지를 넣을 수 있을까요? 상우가 물었다.

가능합니다.

당신이 생각해봐. 상우가 미연을 바라봤다. 당신이 재정 관리를 잘해서 우리가 이런 이벤트도 준비할 수 있는 거니까. 아마 나 혼자였다면 버는 대로 다 써버려서 지금쯤 빈털터리가 돼 있을 거야. 얼마 전에 찬성이 동아리에 금일봉을 줬을 때처럼 서프라이즈라고 쓰면 어때?

한 달 전인데 그때하고 똑같이 써도 좋을까. 센스가 부족해 보이면 어떻게 해? 미연이 매니저를 쳐다봤다.

두 분의 센스에 아드님도 만족하실 겁니다. 매니저가 부드러운 미소를 띤 채 말했다.

미연은 골똘하게 생각하다가 손뼉을 치며 소리쳤다.

아빠 엄마 서프라이즈!

괜찮군. 상우가 말하고는 매니저를 봤다.

매니저가 미연의 메시지를 메모장에 받아 적는 체했다.

아, 그리고 그쪽 상황에 대해 좀 더 자세하게 알고 싶습니다. 상우가 말했다.

매니저가 무슨 뜻인지 몰라 상우를 바라봤다.

그러니까 와인을 받았을 때 아들의 반응이라든지, 특히 아가씨의 반응도 궁금하고요. 아들 생애 첫 데이트의 흥분이 제게도 고스란히 전해지는군요. 마치 우리 부부가 첫 데이트를 하는 기분이랄까…… 뭐랄까, 아무튼 그렇군요. 이해하시지요? 상우가 헛기침을 했다.

매니저는 난감하다는 듯 주위를 둘러보다가 곧바로 고개를 끄덕였다. 종업원이 요리를 가지고 나왔다. 테이블에 여름 해변 스테이크 세트에 딸린 커다란 접시가 차례차례 놓였다. 납작한 플레이트에는 콜리플라워와 아스파라거스, 블러디 소렐과 팬지, 비올라 등 채소와 꽃으로 장식한 등심 스테이크가 놓여 있었다.

여름 해변에 가고 싶어. 미연이 투정 부리는 아이처럼 말했다.

가면 되지.

내가 아무리 재정 관리를 잘하면 뭐 해? 여건이 좋지 않은데.

돈이 있는데 무슨 걱정이야? 상우가 속삭였다.

당신이 이번에 승진했다면 아무 걱정 없었겠지. 그랬다면 우리는 지금쯤 프랜차이즈 레스토랑이 아니라 이탈리아 해변에서 진짜 이탈리아 스테이크를 먹고 있을 거야. 우리 찬성이도 마찬가지일 테고. 미연이 나무라는 눈빛으로 상우를 봤다.

노력하고 있어.

억울해. 미연이 갑자기 입술을 비죽거렸다.

이 나이에 상무면 빠른 거야. 당신도 알잖아.

저번에 사장님 빙모상 조문 갔을 때 말이야. 김 부장이 내게 인사를 안 하더라.

당신인 줄 몰랐나 보지.

아니야. 분명히 알았어. 그런데도 인사도 안 하고 그냥 지나치더라니까. 승진이 안 돼서 그런 거 아닌가 하는 생각이 드니까 갑자기 되게 약 오르더라. 말은 안 했지만 그날 나 좀 화났어.

상우는 창밖을 내려다봤다. 양산을 든 여자가 길을 걸었다. 휴대용 선풍기를 목에 건 남자는 바람을 쐬며 걸었다. 연인들은 더운 날씨에도 팔짱을 끼고 걸었다. 소공원 벤치에 구부정한 자세로 앉아 있는 노인이 휴대폰을 한쪽 귀에 대고는 목을 까딱까딱 움직였다. 그 옆에는 술병이 놓여 있었다. 노인 앞으로 뛰어가던 어린아이가 햇빛을 받아 환하게 빛났다. 벤치를 지나쳐 달리던 아이가 갑자기 되돌아서서 다시 노인에게로 갔다. 노인은 아이를 보고 놀라 몸을 움찔거렸다. 아이가 몸을 움찔거리는 노인을 흉내 냈다. 노인이 땀을 닦자 아이도 땀을 닦는 체했다. 노인이 저리 가라는 듯 손사래를 치며 아이를 위협했다. 벤치 옆 화단에는 남자 하나가 누워 잠이 들었다. 아이가 이번에는 그쪽으로 뛰어가 잠든 남자의 눈앞에 손바닥을 들이밀고는 허공을 휘적거렸다. 남자가 깨어나지 않자 아이는 지루한 듯 다른 데로 뛰어갔다. 몸을 움직이는 노인들은 나뭇가지에 가려 잘 보이지 않았다. 아이가 그 앞에 멈춰 서서 그들을 따라 몸을 흔들었다.

재는 부모도 없이 왜 혼자서 돌아다니는 거지? 미연이 걱정했다.

한낮인데도 저렇게 취해서 잠이 들다니? 상우가 잠든 남자를 가리켰다.

인생을 제대로 허비했으니 저렇게 된 거 아니겠어? 미연이 응수했다.

더워서 그런가, 사람들이 죄다 이상해진 것 같아.

신경 쓰지 마. 저런 사람들은 위험해.

방치된 아이도 위험하기는 마찬가지야.

맞아. 준상이도 방치된 애였어. 맞벌이하느라 부모가 집에 잘 없었지. 살면서 뭐가 제일 좋았느냐고 의사가 물었을 때 찬성이는 준상이 콧대를 부러뜨린 걸 이야기했어. 우리가 찬성이 데리고 해외를 그렇게 많이 다녔는데 그런 건 다 잊고 말이지.

그랬어?

그새 또 잊은 거야? 미연이 입술을 비죽거렸다. 걔가 많이 괴롭혔잖아.

누구라고 했지?

준상이 말이야. 걔가 돈도 뺏고 때리기도 했잖아. 미연이 화가 난 목소리로 말했다. 우리 찬성이 다행히 일상생활에 문제는 없다고 의사가 말해줬지만, 걔는 천벌을 받아야 해.

진정해. 그래도 찬성이 제대로 잘 자라주었어.

미연이 분노 때문에 몸을 부르르 떨며 휴대폰을 꺼냈다. 찬성에게서 온 연락은 없었다. 미연이 찬성에게 메시지를 보냈다. 답장은 오지 않았다.

찬성인 좋은 나이야. 무엇이든 할 수 있는 나이지. 그게 참 부러워.

당신은 찬성에게 관심이 없어. 중요한 건 늘 잊어버린다고.

상우는 옆자리에 앉은 커플을 바라봤다. 테이블 위에서 손을 맞잡은 커플은 남은 손으로 서로의 입에 음식을 떠

넣어 주느라 애썼다. 그들의 맞잡은 손을, 반짝이는 눈빛을, 잘 차려입은 옷과 그들의 입으로 들어가는 차가운 와인을 바라보던 상우가 불쑥 말했다.

놓친 여자라고 부르던 여자가 있었어. 그 여자가 하던 카페 이름이 '놓친'이었는데 대학 다닐 때 어울리던 친구들하고 자주 갔었지. 우리가 들어가면 기다렸다는 듯이 달걀프라이를 내오는 거야. 카페에서 말이야. 손님이 별로 없어서 가능한 일이었겠지. 아무튼 거기서 책도 읽고 공부도 하고 그랬는데 소파가 정말 푹신했던 게 기억나. 남향이라 햇살이 참 좋았지. 그 시절에는 그런 것도 참 좋았어. 아주 좋은 시간이었지. 그러다가 뒤통수가 이상해서 뒤돌아보면 놓친 여자가 뭐랄까…… 아득한 눈으로 우리를 보고 있는 거야. 그 눈빛이 기억에 남아. 내가 찬성을 보는 눈빛도 그럴까? 상우는 옆 테이블에 앉은 연인을 흘깃거리며 말을 이었다. 어느 날 카페에 갔는데 문이 닫혀 있는 거야. 어떻게 된 일인지 궁금해서 근처 상점에 가서 물었거든. 놓친 여자가 감쪽같이 사라졌다는 거야. 가게 문도 열어놓은 채 잠깐 쓰레기 버리러 가는 듯 나가서는 돌아오지 않았대. 그 후로 소식을 듣지 못했어.

새 출발 하고 싶었나 보지.

카페 2층에 다락방이 있었는데 거기에 늘 남편이랑 개가 있었어. 내 기억에 놓친 여자는 그들에게 무척 잘했어. 하지만 어느 날 갑자기 사라져버렸지.

그렇게 무책임한 여자는 지금도 똑같이 살고 있을 거야.

아무래도 그렇겠지? 왜 그런지 놓친 여자가 가끔 생각나.

예뻤어?

나이 든 여자였어. 지금 우리 또래쯤?

그런데 왜 생각이 나?

어떻게 그렇게 감쪽같이 사라져버리지?

아이가 없어서 그랬나 보지.

아무래도 그렇겠지.

둘은 할 말이 없다는 듯 멀뚱멀뚱 앉아 주위를 둘러봤다. 미연은 젊은 부부가 앉은 테이블을 힐끔거리며 뭔가 마음에 들지 않는다는 듯 인상을 찡그렸다. 부부는 와인이 가득 담긴 잔을 들고 붉게 물든 잇몸을 드러내며 웃었다. 부부 옆에는 어린아이가 유아용 식탁 의자에 앉아 입을 오물오물 움직였다. 미연은 한 손으로 자신의 머리채를 잡아 올린 다음 다른 손으로는 부채질을 했다. 상우는 연인을 바라봤다. 둘은 무언가에 신나서 깔깔 웃다가 투정 부리듯 서로를 흘겨봤다. 상우는 테이블 아래 꼬고 앉은 여자의 다리를 응시하다가 시선을 돌려 미연의 탄력 없는 목을 바라봤다.

자꾸 어딜 그렇게 쳐다봐? 미연이 물었다.

당신을 보잖아?

나를 보고 있다고?

우리도 저런 때가 있었던 거 기억나?

나는 지금이 좋아. 더 편안해. 당신도 그랬으면 좋겠어.

미연이 말했지만 상우는 듣지 않았다.

내 얘기 들었어?

뭐라고 했어?

당신은 당신 혼자 과거에 있는 것 같다고.

그때가 좋았어. 무엇이든 할 수 있을 것 같았지.

지금은 안 좋아?

상우는 대꾸하는 대신 굽 달린 물 잔을 손가락 사이에 끼우고는 손바닥으로 둥근 배 부분을 감싸 쥐었다. 그러고는 엄지로 천천히 유리잔을 쓰다듬었다. 종업원이 다가와 와인 가격을 추가한 계산서를 테이블 위에 올려놨다. 상우는 몽롱한 눈으로 영수증을 내려다봤다.

좋아하던가요? 뒤늦게 상우가 물었다.

좋아하셨습니다. 종업원이 대꾸했다.

그게 다인가요?

네?

그러니까 뭐랄까…… 그게 다였느냐고요?

물론 상대편에 계신 여자분도 여기 계신 부모님만큼이나 좋아하셨다고 합니다. 종업원이 인사를 꾸벅하고는 빠르게 돌아섰다.

가족의 행복을 위해서는 당연히 지불해야 하는 것들이 생기지. 상우는 입맛을 다시며 종업원의 뒷모습을 바라봤다. 그런데 여자애 부모는 무슨 일을 하시나? 상우가 생각났다는 듯 물었다.

아직 못 물어본 것 같다고 오늘 오전에 말했잖아.

사내자식이 숫기가 없어서 그걸 못 물어봐.

직접 말하지 않는 걸 보면 자랑할 만한 직업이 아닌가 보지. 게다가 문자 몇 번 주고받은 게 다잖아.

어디 사는데?

그것도 잘 모르나 봐.

그 애, 바지가 너무 짧은 것 아니야?

짧았나?

짧았지.

좀 흉하기는 했어.

매우 불량스러웠지. 비싼 레스토랑에 가자는 것도 이상

하고 말이야. 괜히 스테이크나 얻어먹으려고 수작 부리는 거 아냐? 그 와인이 얼마짜린데 인사도 안 하는 거야? 끝났으면 택시 타고 이쪽으로 오라고 해! 집에 같이 들어가게. 상우가 소리쳤다.

미연이 다시 찬성에게 문자를 보내는 동안 상우는 주머니에서 꺼낸 치실로 이에 낀 이물질을 제거했다.

여보! 찬성이 벌써 출발해서 이쪽으로 오는 중이래.

미연이 일어나자고 재촉했다. 둘은 서둘러 계산을 마치고 밖으로 나왔다. 미리 연락을 받은 주차요원이 미연의 차를 빼내 대기 중이었다. 주차장 입구는 들어오려는 차량 때문에 복잡했다. 미연이 주차비를 건네고는 차 문을 열자 차 안에 고여 있던 열기가 밖으로 새어 나왔다. 차 안은 찜통 같았다. 미연이 의아하다는 듯 주차 타워를 올려다봤다. 상우는 재빨리 에어컨을 켜고 네 개의 창문을 모두 열었다. 미연은 차를 도로에 대고 비상등을 켰다. 매미 소리가 시끄럽게 들렸다. 상우는 에어컨 바람을 쐬며 소리 나는 데로 시선을 돌렸다. 소공원 화단에 누워 있던 남자는 아직도 그대로 누워 있었고, 공원 벤치에 앉은 노인은 술을 마신 탓에 얼굴이 벌겠다. 노인의 휴대폰에서 음악이 흘러나왔다. 노랫소리와 매미 소리가 뒤섞여 공원 주변은 소란스러웠다. 노인과 눈이 마주친 상우는 괜히 놀라서 몸을 움츠렸다. 노인이 휘청거리며 벤치에서 일어나 도로 쪽으로 다가왔다. 차량이 내뿜는 열기와 매연 탓에 노인의 모습은 신기루 같았다. 상우는 서둘러 유리창 문을 모두 닫았다. 그들 앞에 택시 한 대가 멈춰 섰다. 찬성이 꾸물거리며 택시에서 내렸다. 노인을 본 찬성이 제자리에 멈춰 섰다. 그 모습을 본 미연과 상우가 시선을 마주쳤다. 차 앞에서 쿵 하는 소리가 났다. 미연이 상우의 손을 잡았다. 상우가 미연과 맞잡은 손에 힘을 주었다.

찬성이 어디로 갔지? 미연이 물었다.

사라졌어.

무슨 소리지? 두리번거리던 미연이 뒤늦게 물었다. 무슨 소리가 들렸잖아?

아무 소리도 아니야. 상우의 목소리가 떨렸다.

차에 뭔가 부딪혔잖아?

아무것도 아니라니까!

미연이 겁에 질린 표정으로 상우를 봤다. 두려움에 찬 상우의 얼굴에 두 개의 검은 그림자가 드리워졌다. 검은 그림자는 눈두덩에 박혀 안으로 더 깊숙이 들어갔다. 둘은 죽은 사람들처럼 꼼짝하지 않고 차 안에 앉아 있었다. 거리에 노랫소리가 퍼졌다. 노랫소리에 매미 소리가 섞였다. 소공원 나무 그늘 안에서 뼈만 앙상한 노인들이 손을 맞잡고 춤을 췄다. 지글지글 끓어오르는 지열이 그들을 에워쌌다.

인생이란 무엇인지
청춘은 즐거워
피었다가 시들으면
다시 못 필 내 청춘
마시고 또 마시어
취하고 또 취해서
이 밤이 새기 전에
춤을 춥시다
부기부기 부기우기
부기부기 부기우기
기타부기

— 김연자, 〈기타부기〉 중에서

작가 노트

여름의 열기가 정수리에서 터져 나왔다. 몸 안에 차오른 열기도 이미 과잉인데 햇볕까지 쏟아지니 안팎으로 뜨거웠다. 과한 에너지를 받은 탓인지 두피에 동그란 구멍이 생겨나고, 그 부위만 머리카락이 송송 빠져 일정 기간 자라지 않거나 다른 부위에서 새치가 자라났다. 나는 머리가 너무 뜨거운 거 아닌가, 걱정하며 정수리에 손바닥을 대어보곤 했다. 밖으로 빠져나가지 못한 열기가 취약한 부위를 찾아 거기에 염증을 일으키고, 두피뿐 아니라 입 안에도 구멍을 냈거나 낼 것이었다.

그래서일까? 그 여름은 산책을 많이 했다. 산책길이나 숲길을 따라 걷기도 했고, 서울역이나 세종문화회관 계단에 앉아 오가는 사람들을 바라보기도 했다. 높은 데서 아래를 내려다보면

도시 풍경이 한눈에 들어왔다. 높이만 달라졌을 뿐인데 모든 게 낯설어 보인다는 것이 당연하면서도 신기하게 느껴졌다. 버스 정류장 인근에는 정차하는 차량이 많았다. 그 뒤로 버스들이 이어 들어오고, 경적과 함께 작은 마찰이 생겨나기도 했다. 노인들은 주정차 위반 차량에 티가 나지 않도록 다가가 휴대폰으로 사진을 찍는 아르바이트를 했다. 도로변 화단 턱에는 남자 하나가 누워 있었다. 곧이어 경찰이 나타나더니 남자를 흔들어 깨웠다. 남자가 화를 내며 일어나 휘청휘청 광장 중앙을 향해 걸어갔다. 광장 곳곳에 자리 잡은 집회 참가자들은 하나같이 자신의 주장이 옳다고 열을 올렸다. 다른 집회보다 눈에 더 잘 띄려고 고래고래 외쳐대는 바람에 서로 다른 목소리들이 허공에서 부딪쳤다. 어린아이들은 물방울을 피해보려는 듯 안개분수 밑에서 빠르게 뛰어다녔다. 커다란 개를 데리고 나온 남자와 그 개에 관심을 보이는 사람들, 앵무새를 데리고 나온 노인과 그 주위로 몰려든 구경꾼들, 광장 구석 벤치에 앉아 술을 마시는 사람과 그 옆 벤치에 앉아 휴대폰으로 음악을 듣는 사람도 있었다.

그들 사이에서 날아오른 비둘기가 시계탑에 앉았다. 햇볕을 받아서인지 원래 그런 건지 시계탑 패널이 붉었다. 그것을 보자 나는 환각에 빠진 듯한 착각이 일었다. 시간이 붉은빛으로 물들 수도 있는 건가, 생각하며 광장을 내려다보니 정말로 모든 게

다 붉은빛으로 보였다. 질서 정연하게 움직이는 사람들이 서로 다른 신념 때문에 충돌하는 것 같았고, 몸속 열기를 밖으로 빼내려고 안간힘을 쓰는 것 같았다. 보이는 모든 게 묘한 열기에 휩싸여 붉은빛으로 타오르는 것 같았다.

길인지 아닌지 의심하면서도 끝까지 다 가봐야 알 수 있다고 생각하는 때가 있다. 「놓친 여자」를 쓸 때도 그랬던 것 같다. 쓸 곳 없는 에너지를 쓸데없이 쓰느라 이상한 열기에 사로잡혀 있다고 생각해서일까? 몸 안에 축적되는 에너지를 어떻게 쓰는 게 좋을지 나도 잘 몰라서일까? 아무리 그래도 좀 과한 거 아닌가 싶다가도, 동시에 도시생활자에게 아무리 그래도 좀 과한 건 없다는 생각이 들었다.

우리 만남은

한유주

2003년 『문학과사회』를 통해 작품 활동을 시작했다.
소설집 『달로』 『얼음의 책』 『나의 왼손은 왕, 오른손은 왕의 필경사』
『끓인 콩의 도시에서』 『연대기』 『숨』과 장편소설 『불가능한 동화』가 있다.

내가 뭘 잘못했지, 비행기가 착륙 준비를 시작했을 때 석희는 감았던 눈을 뜨며 생각했다. 건장한 승무원들이 거침없는 걸음걸이로 복도를 오가고 있었다. 앞쪽에서 몇몇 사람들이 기지개를 켜느라 팔을 뻗고 있었다. 석희의 옆에는 여섯 시간이 지난 후에도 여전히 낯선 사람이 타고 있었다. 비행하는 내내 꼼짝 않고 앉아 있던 그는 둥근 유리창에 이마를 바짝 붙이고 아래를 내려다보고 있었다. 석희의 시선도 창밖을 향했다. 항공사가 배정했던 거야, 석희는 생각했다. 가이드가 아니라. 유리창 아래쪽으로 납작하게 눌린 도시가 내려다보였다. 뉴욕이었다. "그럼 시차가 세 시간인가?" 익숙한 목소리가 들렸다. 민주 엄마라고 했나, 석희의 동행이었다. 시애틀에서 점심 식사를 할 때 서른두 명의 단체관광객들은 처음으로 서로 통성명을 했다. 그날 누구 엄마, 누구 아버지들 사이에서 석희는 자신을 원석희라고 밝혔다. 사람들은 굴을 두고 품평했다. 한국 굴보다 작네, 그런데 왜 짝도 없이 혼자 온 거래? 석희는 레몬즙을 뿌린 굴을 입에 넣지 않았다. 저녁 식사를 할 때 석희의 옆에는 아무도 앉지 않았다.

"그러네. 여기가 세 시간 빠른 거지." 뒷좌석의 두 사람은 한 나라 안에서 지역마다 생활하는 시간이 다를 때 어떤 문제가 발생할 수 있는지를 추측했다. 예컨대 주식 시장은 언제 어디서 어떻게 열리고 닫히는지, 대통령이 아침 생방송에 출연해 연설이라도 할 때 서부에서는 다들 자고 있는 건 아닌지, 전국 모의고사 따위는 어떻게 치러지는지. 그들은 서로 킥킥 웃음을 주고받으며 이런저런 가설을 세웠다. 어떤 질문에는 대답할 수 있었고, 또 어떤 질문에는 대답할 수 없었던 석희에게도 질문이 있었다. 미국 사람들에게는 선망하는 시간대가 있는지, 한 국가 안에 존재하는 시차 때문에 낭패를 본 경험이 있는지, 상원이 공항으로 오고 있을지. 승무원들이 마지막으로 승객들이 안전벨트를 착용했는지 엄격하게 점검하고 착석하자 기내가 갑자기고요해졌다. 100여 명 태울까 싶은 소형 비행기가 바람에 휘청거리는가 싶더니 하강하기 시작했다. 옆자리 사람은 점점 더 가까워지는 지면을 홀린 듯 바라보고 있었다. 석희는 안전 매뉴얼을 꺼내 건성으로 들여다보며 상원이 오고 있을지, 저 복잡해 보이지만 서울에 비하면 간단한 지형도를 가졌을 도시 밑바닥에서 어느 노선을 통해 공항으로 오고 있을지 생각했다. 비행기가 본격적으로 하강하기 시작했다. 그에 대한 반작용으로 석희는 좌석에 몸을 단단히 파묻고 옆자리 승객의 고개가 닿지 않은 창문으로 시선을 던졌다. 멀리 이륙하는 비행기가 보이는 것 같았지만 확실하지 않았다. 그럴 리가 없잖아, 석희가 생각하는 찰나에 옆 승객이 창문에서 눈을 떼고 석희를 바라보았다. 지금 당신도 저걸 봤느냐고 묻는 것 같은 표정이었다. 석희는 고개를 끄덕였다. 그러자 옆 승객이 난데없이 물었다. "웨어 아 유 프롬?" 코리아……라고 대답하면서 석희는 반사적으로 앤드 유? 하고 물었다. 옆 승객은 미소를 지으며 "푸에르토리코"라고 대답했다. 그러고는 다시 창밖을 향해 고개를 돌렸다. 그들이 탄 비행기는 라스베이거스에서 출발해 뉴욕에 도착하는 유나이티드에어 항공편이었다. 석희가 자신을 포함해 두 사람의 대답이 재미있다고 생각하는 순간 뒤쪽에서 짜증이 섞인 말소리가 들려왔다. "하여간 잘난 척은." "왜, 본인이 박사시라잖아." 모두들 숨을 죽이고 땅에 닿기만을 기다리는 시간이었다. 내가 뭘 잘못했지, 석희는 생각했다. 돌이켜보면 다들 처음부터 석희를 퉁명스럽게 대했던 건 아니었다. 처음에는 다들 친절했지……. 첫날만 그랬다. 그런데 여행 첫날 시애틀 중심가에서 조금 떨어진 식당에서 자기소개를 한 뒤로 서른두 명의 동행들은 석희에게 말을 걸지 않았다. 석희는 자신의 이름과 직업, 그리고 여행의 목적을 밝혔을 뿐이었다. 시내를 관광할 때도, 공항으로 가는 버스 안에서도 석희 옆에는 아무도 없었다. 시애틀을 담당하는 가이드는 이런 일에 아무런 관심이 없는 것처럼 보였다. 어느 언덕에 올라 멀리 레이니어산을 바라보며 다들 감탄하고 있을 때, 석희는 가이드에게 슬쩍 다가가 말을 붙였다. "저, 뉴욕에서 딸을 만나기로 했는데요." "네." "한국에서 이미 조율이 된 사항인데, 혹시 모르시나 해서요." "조율이 되었다면 되었겠죠. 뉴욕에서 담당 가이드가 따로 있을 겁니다." 석희는 그저 고개를 끄덕이며 조용히 물러났다.

시애틀에서 이틀을 보내고 바로 로스앤젤레스로 갔다. 거기서 버스를 타고 라스베이거스로 갔다. 그 모든 여정에서 석희에게 친근하게 말을 붙이는 사람은 아무도 없었다. 석희도 딱히 대화 상대가 필요하지는 않았다. 하지만 내가 뭘 잘못했기에, 하는 질문을 스스로 하지 않을 수는 없었다.

바퀴가 지면에 닿기 직전이었던 비행기가 다시 솟구치기 시작했다. 석희는 저도 모르게 앞좌석 머리받이를 손바닥으로 짚었다. 기내 여기저기서 비명이 터졌다. 비행기는 45도로 치솟고 있었다. 옆 승객이 고개를 파묻고 덜덜 떨었다. 기도하는 자세였다. 석희는 앞을 바라보려고 했지만 앞좌석이 시야를 가리고 있었다. 비행기는 한동안 하염없이 사선으로 솟아오르고만 있었다. 그 상태가 지속되는 것처럼 보이자 최초의 충격에서 벗어난 뒷좌석 동행이 읊조리듯 질문했다. "무슨 일이야?" 하지만 그의 진짜 동행이라고 할 수 있을 그의 옆 승객은 아무 대답도 할 수 없는 것 같았다. 석희는 뒤를 돌아보았다. 비상구 옆에 앉아 있던 승무원이 허연 얼굴로 전방을 주시하고 있었다. 겁에 질린 표정이었다. 괜찮아……, 괜찮다. 석희는 애써 생각하며 발치에 놓아둔 핸드백을 집어 화장품 파우치를 꺼냈다. 수하물 제한에 걸리지 않도록 50밀리리터 플라스틱 가글병에 담아둔 위스키가 있었다. 석희는 그것의 절반을 한입에 털어 넣었다. 그러자 비행기의 상승각이 줄어든 것 같았다.

확실히 35도야, 석희는 생각했다. 이제 20도 정도겠지. 석희는 남은 위스키도 한입에 털어 넣으며 주변을 둘러보았다. 바로 옆 승객은 여전히 고개를 파묻고 기도하고 있었고, 통로를 사이에 둔 승객 두 사람은 나란히 등받이에 몸을 파묻고 팔걸이 위로 손을 맞잡고 있었다. 그제야 석희는 놀랍게도 상원을 전혀 떠올리지 않고 있었다는 것을 깨달았다. 몇 분 되지 않을 짧은 순간이었지만 석희는 단 한 번도 상원 생각을 하지 않고 있었다.

마침내 방송이 흘러나왔다. 그러자 다시 한번 놀랍게도 내내 석희를 무시하는 태도로 일관하던 뒤쪽 승객, 그러니까 석희의 동행이 석희를 쿡쿡 찌르며 방송 내용을 물었다. 기장의 말을 알아들을 수 없었던 거였다. 석희도 전부 알아들었던 건 아니었지만 다른 비행기가 먼저 착륙해야 해서 그랬던 것 같다고, 10분 뒤 정상적으로 착륙할 거라고 말해주었다. 확실히 10분이라는 말을 들었지, 관제탑이라는 말도 들었던 것 같아. 석희는 생각했다. "씨발." 뒷좌석 승객이 말했다. 석희는 깜짝 놀라 뒤를 돌아보았지만 눈에 들어온 건 비상구 옆 간이좌석에 앉아 평정심을 되찾은 얼굴로 기내를 굽어보는 승무원이었다. 그러니까 저이가 민주 엄마랬나, 민주 엄마의 동행이 무안했는지 조그맣게 책망하듯 말하는 소리가 들렸다. “왜 욕을 하고 그래.” “죽는 줄 알았잖아.” “여기서 이렇게 죽으면 보험금은 얼마나 나오려나?” “한 200억 나온다고 해도 난 안 죽어.” 그때 석희의 옆자리에 앉아서 기도하던 승객이 안전벨트를 풀고 벌떡 일어났다. 그러고는 결연한 표정으로 석희를 내려다보았다. 아…… 화장실? 석희가 지나갈 길을 내주려고 고심하는 사이 승무원이 석희의 옆 승객을 향해 앉으라고 소리쳤다. 그는 맥없이 자리에 앉아 어디선가 비닐봉투를 꺼내더니 그 안에 대고 오랫동안 소리 없이 토했다. 비닐봉투 안에 봉제인형으로 짐작되는 물건이 비쳐 보였다. 인형 위로 토사물이 쏟아지고 있었다. 석희는 다시 눈을 감고 착륙하기만을 기다렸다. 고도가 잦아들었다. 다시 기내가 고요해지고, 바퀴가 지면에 닿을 때의 충격이 강렬하게 전달되었다. 이윽고 모두의 안전이 확실해지자 여기저기서 환호성과 박수 소리가 터져 나왔다.

비행기가 완전히 멈추자 승객들이 일제히 일어섰다. 머리 위 짐칸을 열고 기내용 캐리어를 꺼내려던 석희는 잠시 휘청거렸다. 그저…… 바라만 보고 있지……. 로스앤젤레스에서 라스베이거스로 이동하는 버스 안에서 줄곧 나오던 노래 한 구절이 석희의 머릿속에서 자동적으로 재생되고 있었다. 그런데 다음 가사가 기억나지 않았다. 그저…… 바라만 보고 있지……. 그날 버스 안의 승객들은 버스 안에서 흘러나오는 80년대 한국 가요들을 따라 불렀다. 그들 대부분이 청년 시절에 들었던 노래였다. 석희도 마찬가지였다. 석희는 빈 옆자리 가방 속 위스키를 마실까 말까 생각했다. 상원이 뉴욕에서 석희를 기다리고 있었다. 혹은, 석희가 뉴욕에서 상원을 만나기를 기다리고 있었다. 왜 나를 여기까지 부른 거니, 무슨 일이야. 석희는 생각했다. 생각하고 또 생각했지만 자신이 서른두 명의 단체관광객들에 섞여 미국까지 날아온 이유를 알 수가 없었다. 상원은 울먹이면서 이제 어떡하냐고, 이제 어떻게 해야 하냐고 물었다. 석희는 대답할 수 없었다. 원인을 알 수 없어서였다. 그래서 가장 빠르게 뉴욕으로 갈 방법을 찾다가…… 그저…… 빙글빙글 돌게 되었다. 당장 다음 주에 뉴욕으로 가는 직항 비행기 좌석을 구할 수 없었다. 석희의 한숨을 들은 여행사 직원이 돌아서 가는 경로가 있다고 말했다. 시애틀에서 로스앤젤레스로, 라스베이거스로, 거기서 뉴욕으로 가는 단체여행에 한 자리가 남아 있다는 거였다. 석희는 알겠다고 했다.

짐칸에 손을 얹고 멍하니 선 석희의 어깨를 뒷좌석 동행들이 치고 앞으로 나아갔다. 비좁은 복도를 갑갑하게 메운 승객들이 조바심을 내며 어서 출입구가 개방되기만을 기다리고 있었다. 여섯 시간 전에는 이륙하기만을 기다렸지. 그다음에는 착륙하기만을 기다렸고. 이제는 비행기에서 빠져나가기만을 기다리고 있네. 그다음에는 수하물이 나오기만을 기다리겠지. 그저…… 바라만 보면서. 그다음에는 다시 버스를 타고 식사하러 가기만을 기다릴 거고. 그런데 내 딸은 나를 기다리고 있을까? 석희는 더웠다. 5월의 라스베이거스 날씨는 건조하고 뜨거웠다. 5월의 뉴욕 날씨도 그런가? 여섯 시간을 날아왔는데? 석희는 시간대를 지날 때마다 대륙을 넘을 때처럼 변하거나 변하지 않을 미국 날씨에 관해 누군가와 농담조로 대화를 나누고 싶었지만 서른두 명의 동행들 중 그럴 만한 이는 아무도 없었다.

비행기에서 내려 일행들의 뒤통수를 놓치지 않으려고 애쓰며 더러운 카펫이 깔린 긴 복도를 통과하는 석희의 겨드랑이와 등에 땀이 맺혔다. "나 잠깐 화장실 좀 다녀올게." 석희는 자신을 겨냥한 말이 아니라고 생각해 걸음을 멈추지 않았다. 하지만 누군가의 핸드백이 석희 옆으로 불쑥 나타났다. 석희는 캐리어 손잡이를 잡지 않은 손으로 핸드백을 받아 들었다. 반사적인 행동이었다. 차양이 큰 모자를 쓴 누군가가 잰걸음으로 화장실로 향하고 있었다. 저이가 누구였지, 석희는 걸음을 멈추고 생각했다. 목에서도 땀이 흐르고 있었다. "여기도 여름인가? 5월인데." 석희는 이번에는 뒤를 돌아보았다. 일행이 확실한 한 사람이 손으로 연신 부채질을 하며 딸로 보이는 이에게 말하고 있었다. "북반구잖아. 뉴욕도 여름이 가까워지긴 했겠지." 젊은 여자가 말했다. "너, 제법 유식하다?" 그들은 석희를 앞질러 갔다. 석희는 자신의 핸드백을 열어 여권과 지갑 따위를 다시 한번 확인하며 낯선 핸드백의 주인이 나타나기를 기다렸다. 그때 핸드폰이 진동했다. 엄마, 가는 중인데 조금 늦을 것 같아요. 상원이 보낸 메시지였다. 석희는 초조해졌다. 일행들이 멀어지고 있었다. 손등으로 이마의 땀을 훔치는데 낯선 핸드백의 주인이 화장실에서 나오더니 놀랐다는 표정을 지었다. "이걸 왜 그쪽이 들고 있어요?" 석희는 말없이 핸드백을 돌려주었다. 그제야 상황을 파악한 상대방이 멋쩍게 말했다. "고마워요. 미국은 처음이라서요." 석희는 그의 말뜻을 이해할 수 없었다. "첫날 자기소개 할 때 우리 봤죠? 나 재연이 엄마예요." 석희는 고개를 끄덕였다. "기내식을 안 먹어서 그런가, 배 안 고파요? 어서 밥 먹으러 가야죠." "그래야죠." 그들은 짐 찾는 곳을 향해 나란히 걸었다. "그쪽은 처음 아니죠? 미국." "네. 세 번째일 거예요." "뉴욕도 와본 적 있어요?" "아뇨." 석희는 오랜만에 소리 내어 말하고 있다고 생각했다. "상원이가, 그러니까 제 딸을 여기서 만나기로 했어요." 석희가 말했다. "아, 여기서 선생 한다는?" 재연 엄마가 질문인지 대답인지 모를 말을 했다. 석희는 당황했다. "선생이라뇨?" 그러는 사이 그들은 수하물 벨트 앞에 있었다. 석희의 일행이자 재연 엄마의 일행인 사람들이 재연 엄마를 향해 손을 흔들었다. "어디 갔다 왔어?" "응, 화장실에." 석희의 등에서 커다란 땀방울 하나가 흘러내렸다. 수하물 벨트 근처에 몰려든 이들의 절반은 한국인이었다. 핸드백 하나와 기내용 캐리어 하나가 전부였던 석희는 핸드폰을 열어 상원에게 답신을 보냈다. 지금 짐 찾고 있어. 얼마나 걸리니? 가방이 하나씩 벨트 위로 떨어지기 시작했다. 상원에게서 답장이 왔다. 가고 있어요. 그런데 공항순환선을 잘못 탄 것 같아요. 20분쯤 더 걸릴 것 같은데. 석희는 물수건으로 겨드랑이를 닦고 싶었다. 몸에서 냄새가 나는 것 같았다. 가방들이 하나씩 주인을 찾아갔다. 석희는 먼저 움직이는 일행들을 따라 게이트 밖으로 나갔다. 새로운 가이드가 분홍색 깃발을 들고 석희를, 그러니까 석희의 일행을 기다리고 있었다. 석희는 초조했다. 상원이 오기 전에 일행들이 전부 짐을 찾을 게 분명했다. 석희는 깃발을 들고 핸드폰을 들여다보고 있던 가이드에게 다가갔다. "안녕하세요, 딸이 지금 오고 있다는데요. 20분쯤 걸린다는데……." "따님이 오신다니요?" "여행사에서 말씀 안 드렸나요? 여기서 딸을 만나서 같이 여행하기로 되어 있는데요." 가이드가 얼굴을 찌푸렸다. "전 못 들었는데요. 아무튼 여기서는 오래 못 기다립니다. 바로 버스를 타셔야 해요." "그럼 어쩌죠?" 가이드는 그럼 어쩌자는 표정으로 석희를 바라보았다. 내가 뭘 잘못했지, 석희는 생각했다. "다음 이동 장소가 어디죠? 그쪽으로 오라고 할게요. 아니면 호텔이나." 가이드는 귀찮은 기색을 숨기지 않고 대꾸했다. "일정표에 나와 있어요. 식당으로 바로 오라고 하세요." 석희는 더는 말하지 못했다. "스타벅스다!" 일행 중 누군가가 외쳤다. "자, 자. 바로 이동합시다. 다 나오셨죠? 커피는 호텔에도 있습니다." 손가락질하듯 인원수를 파악한 가이드가 말했다. 공항 건물 밖에서는 매캐한 냄새가 났다. 석희는 가이드의 분홍색 깃발을 좇아 절박한 얼굴로 담배를 피우는 사람들과 개를 데리고 누군가를 마중 나온 사람들을 지나가면서 상원에게 메시지를 보냈다. 어디야. 그러나 상원에게서는 답이 없었다. 석희는 공항 주차장 구석에 서 있던 대형버스에 마지막으로 올랐다. 뒤쪽 자리만이 남아 있었다. 분홍색 깃발을 어깨에 걸친 가이드가 운전석 옆에 비스듬히 서서 뉴욕에 오신 것을 환영한다고, 이제부터 저녁 식사를 하고 호텔로 가서 푹 쉬실 거라고 말하는 동안 상원에게서 메시지가 왔다. 지금 공항 도착했는데, 어디로 가? 버스가 출발했다. 석희는 비틀거리며 버스 앞쪽으로 갔다. 가이드가 성난 얼굴로 석희를 쏘아보았다. "일정표를 못 찾겠어서 그런데, 식당 주소를 좀 알려주세요." 가이드가 얼굴을 일그러뜨리며 무슨 말인가를 중얼거렸다. 병신인가. 석희는 잘못 들었다고 생각했다. 석희가 잘못 들은 것이 틀림없었다. 그렇지 않고서야…… 그런데…… 석희의 얼굴에서 땀이 흘렀다. 운전자를 제외한 버스 안 모든 사람들의 눈이 석희를 향해 있었다. 석희는 자리로 돌아가 핸드백 안을 뒤졌다. 가글 병들이 모두 비어 있었다. 내가 뭘 잘못했지, 석희는 생각했다. 라스베이거스에서 석희를 제외한 대부분의 일행들이 카지노에 입장해 있는 사이, 석희는 1인 추가금을 치르고 들어간 호텔 방에서 잠시 낮잠을 잤다. 그러다 잠시 눈을 떴을 때, 벽이 45도로 기울어져 흔들리고 있었다. 바로 텔레비전을 켜고 리모컨 버튼을 마구 눌러대자 냉담한 인상의 앵커가 속보를 전하고 있었다. 석희는 200km, 6.4 따위의 숫자들로 200킬로미터 인근에서 강도 6.4 지진이 발생했다는 것을 알았다. 몇 분 뒤 진동이 잦아들었다. 석희는 떨리는 발걸음으로 창가로 다가가 아래를 내려다보았다. 해 질 녘 조그만 수영장 안에서 한 가족이 조금도 동요하지 않고 물놀이를 이어가고 있었다. 물이 넘치지는 않았을까? 석희는 그림자인지 물웅덩이인지 모를 바닥의 진한 부분을 바라보다 문득 생각했다. 그런데 미국에서 미터법을 쓰던가? 그날 저녁 식사를 하러 호텔 식당으로 내려온 건 석희와 가이드뿐이었다. 라스베이거스를 담당했던 가이드는 그런대로 명랑한 태도를 유지할 줄 아는 이였다. "다른 분들은 전부 카지노에 계실 거예요." "안 가보셔도 되나요?" 라스베이거스 담당 가이드는 이런 일에는 익숙하다는 얼굴로 포크로 샐러드를 휘저으며 대답했다. "모든 분들을 따라다닐 수가 없어서요. 다들 성인이시기도 하고." "지진이 났는데도 도박장에는 영향이 없군요." 석희가 말했다. 그러자 가이드가 놀란 표정으로 석희에게 되물었다. "지진이라니요?"

시애틀에서 이틀을 보내는 동안 석희는 한 번 조식을 먹으러 식당으로 내려갔다. 석희를 본 직원이 고갯짓으로 어느 방향을 가리켰다. 석희는 그쪽으로 갔고, 식당인지 조리실인지 모를 커다란 방이 나왔다. 다들 거기서 아침 식사를 하고 있었다. 전날 자기소개를 했으므로 대충 아는 얼굴들이었다. 석희는 맨 마지막 자리에 앉아 짧게 다른 이들의 접시를 관찰했다. 허름한 빵과 허름한 잼이 담겨 있었다. 외국인이 분명한, 그러니까 석희의 일행들과는 너무나 다른 얼굴을 한, 그러므로 여기서도 외국인은 아닐 수도 있을 누군가가 불안한 얼굴로 자신의 허름한 빵과 잼을 내려다보고 있었다. 석희는 그가 식당을 잘못 찾아왔다는 것을 알아차렸다. 석희의 일행들은 말없이 먹고 있었다. 개별 여행객과 단체 관광객의 조식 장소가 다르다는 걸 알아차린 석희는 불안한 표정의 외국인에게 다가갔다. 어쩌면 거기서부터 모든 것이 잘못되었는지도 몰랐다. 그저 그에게 당신이 잘못 찾아왔다고 말해주고 싶었을 뿐이었다. 석희와 외국인이 짧게 대화를 나누는 동안 서른두 명의 얼굴들 중 몇몇이 수군거렸다. 왜, 아예 따로 나가서 먹지? 선생이라더니, 뭘 자꾸 가르치려 들어. 그런데 저이한테 술 냄새 나는 것 같지 않아?

그저…… 바라만 보고 있지……. 다시 한번 그 노래가 나오고 있었다. 석희는 핸드폰에서 이메일을 뒤져 여행사가 보낸 안내문을 체크했다. 일정표에 식당 주소가 나와 있었다. 여기야. 빨리 와. 택시라도 타. 창밖은 평지였다. 그 위로 어둠이 내리고 있었다. 누군가가 가이드를 향해 에어컨을 켜 달라고 했기에 석희는 안도했다. 누군가 코 고는 소리가 들려왔다. 그저…… 속만 태우고 있지……. 늘…… 가깝지도 않고. 방을 혼자 썼기 때문일까? 석희는 자문했다. 뉴욕에서 딸을 만난다고 했던 것 때문일까? 하지만 그 애가 선생이라고 한 적은 없는데. 드럭스토어에서 바구니마다 알약들을 쓸어 담던 이들을 쳐다만 보고 있어서였을까? 학교에서 가르치는 일을 한다고 했어서? 선생은 내 딸이 아니라 나인데. 카지노에 발을 들이지 않았기 때문에? 노래를 따라 부르지 않았기 때문에? 누군가가 한 병에 15불씩이나 한다며 내밀었던 소주 한 잔을 받아 마시지 않아서였나? 한국인 점포에서 아무것도 사지 않았기 때문에? 가글 병에 든 것이 위스키라는 걸 들켰나? 그렇더라도. 그렇다 하더라도. 어떻게 하나…… 우리 만남은 빙글빙글 돌고. 누군가가 가이드를 향해 음악 소리를 낮춰달라고 요구했다. 노래가 멈췄다. 첫날 일행들에게 석희는 불편한 사람이었고, 이틀간 짜증스러운 사람이었다가, 이제는 보이지 않는 사람이 되어 있었다. 식당으로 바로 갈게요. 석희의 핸드폰이 진동했다. 석희는 다소 안심하며 눈을 감았다.

버스가 뉴욕에서 멀어지고 있었다. 차창 밖에 어둠이 완연해졌다. 석희는 구글맵을 켜고 어디로 가고 있는지 확인했지만 뉴욕과 멀어지고 있다는 것만을 분명히 알 수 있었다. 통로 건너편에 앉은 이들은 잠들어 있었다. 석희는 상원에게 전화했다. 상원은 받지 않았다. 식당으로 바로 온다는 메시지 이후로 20분이 지나 있었다. 잘 오고 있느냐고 메시지를 보냈지만 역시 답이 없었다. 다른 사람들은 대부분 졸고 있는 것 같았다. 창밖 풍경은 시애틀과도, 로스앤젤레스와도 달랐다. 라스베이거스와는 확연히 달랐다. 단층 건물들이 지나갔고, 가끔 엄청난 크기의 트럭이 석희가 탄 버스를 추월했다. 석희는 핸드폰을 만지작거리며 트럭 운전자를 식별해보려고 했지만 이미 어두워진 뒤였다. 10분쯤 더 지난 뒤에야 버스가 또 다른 단층 건물 앞 너른 주차장에 들어섰다. 커다란 간판에 '아ㅣ랑'이라고 적혀 있었다. 본디 아리랑이었겠지만 혹시 아이랑이었을지도 몰랐다. 그런 생각을 하며 석희는 조금 웃었다. 서른두 명의 사람들이 하나같이 배가 고프다고 아우성을 치며 버스에서 내렸다. "얼마 만에 먹는 한식이야, 안 그래요?" 바로 뒤에서 목소리가 들렸기에 석희는 뒤를 돌아보았다. 하지만 그렇게 말한 이도 뒤를 돌아보고 있었다. 석희는 머쓱해져 다른 쪽을 바라보았다. "그제도 먹지 않았어요?" 누군가가 말했다. "한국 사람들은 이틀에 한 번은 얼큰한 걸 먹어야지." 가장 먼저 내린 가이드가 팔짱을 끼고 버스에서 내리는 사람들을 쏘아보고 있었다. 마지막으로 내린 석희에게 그가 물었다. "따님이 아직 안 오신 거죠?" 석희는 고개를 끄덕였다. "따님이 영어는 할 줄 알아요?" 걔가 영어를 잘하던가, 석희는 생각했다. 어느 정도야 하겠지. 그러니까 여기서 석 달째 그러고 있겠지. "아니, 그런데 왜 아직도 여길 못 찾아……." 가이드가 중얼거렸다. 석희는 그 말이 누굴 향한 것인지 알 수 없었다. 가이드가 식당 입구를 향해 걸음을 옮기며 다시 한번 중얼거리듯 말했다. "병신인가……." 석희는 그 말이 누구를 향한 것인지 도무지 알 수가 없었다. 도저히 알고 싶지 않았다.

이미 음식이 차려져 있었다. 4인용 테이블마다 한가운데서 불고기전골이 끓고 있었다. 석희는 맨 끝자리로 가서 조용히 앉았다. 이미 소주잔을 돌리는 이들이 있었다. 석희의 테이블에는 석희뿐이었다. 도합 아홉 개의 테이블. 석희를 제외한 관광객들은 모두 서른두 명. 운전기사는 보이지 않았다. 마지막으로 식당에 들어온 가이드가 침울한 낯으로 사람들을 둘러보았다. "오랜만에 한식 드시니까 기분 좋으시죠?" 석희를 제외한 서른두 명이 일제히 대답했다. "네!" "맛있게들 드시고, 술값은 따로 계산하셔야 합니다." 가이드가 말했다. 석희는 4인분의 불고기전골이 끓는 냄비를 바라보았다. 오고 있니, 석희는 생각했다. 여기서 대체 뭘 하고 있는 거니. 왜 여기까지 나를 오게 한 거야. 석희는 핸드폰을 켜고 새로 온 메시지가 없는지 확인했지만, 그런 것이 없다는 걸 알고 있었다. 석희 바로 옆에 앉아 있던, 하지만 석희와 음식을 나누지는 않을, 석희의 동행인지 아닌지 모를, 누군가가 석희에게 물었다. "따님이 오긴 오는 거예요?" 석희는 비참한 기분으로 고개를 끄덕였다. "소주 한잔하시겠어?" 석희는 고개를 끄덕이며 말한 사람 쪽을 바라보았지만 그는 이미 다른 이의 잔에 술을 따르고 있었다. 석희는 젓가락으로 김치를 헤집었다. 양념이 제대로 배지 않아 허연 배추 몸통에 커다랗고 빨간 고춧가루가 한 점 묻어 있었다. 석희는 그것을 발라냈다. 가고 있는데, 택시가 자꾸 빙글빙글 도는 것 같아요. 호텔로 바로 갈게요. 석희의 핸드폰이 이렇게 말하고 있었다. 상원아, 상원아……. 대체 어디 있는 거야. 왜 여기까지 날 오라고 한 거야. 석희는 생각했다. 석희는 목을 길게 빼고 가이드를 찾았다. 그는 식당의 다른 쪽 구석에서 운전기사와 식사하고 있었다. 석희가 뭘 찾고 있다는 기색을 눈치챈 종업원이 다가왔다. 한국인이었다. "맥주 주세요." 석희가 말하자 바로 옆 테이블의 네 사람이 동시에 석희를 바라보았다. 그때 석희의 맞은편에 누군가가 와서 앉았다. 재연 엄마였다. "자기, 왜 혼자 마시려고 그래?" 갑자기 튀어나온 반말에 석희는 놀라서 상대방을 바라보았다. "왜, 따님이 안 오셔서 걱정돼서 그래? 아니면 더워서 그러나?" 석희는 고개를 흔들었다. "네, 좀 덥네요. 애도 안 오고." "원래 애들이 그렇잖아요. 멀어질까 두렵지." 재연 엄마라는 사람이 말했다. "그거, 아까 그 노래 가사잖아요." 석희가 말했다. "티 났나?" 재연 엄마가 씩 웃으며 말했다. 맥주가 날라져 왔다. 처음 보는 상표였다. 석희와 재연 엄마는 맥주를 나누어 마셨다. 몇몇 사람들이 그 어색한 장면을 잠시 바라보다 고개를 돌렸다.

이미 불쾌해진 사람들이 있었다. 석희는 핸드폰으로 시간을 확인했다. 8시가 지나 있었다. "아까 대답하려다 못 했는데, 우리 애는 선생 아니에요." 석희가 말했다. "그럼 여기서 뭐 해?" 재연 엄마가 물었다. 모르겠어요, 모르겠어요……. 석희는 한동안 대답하지 않았다. 비행기에서 마신 위스키와 식당에서 마시고 있는 맥주에 갑자기 취기가 올랐다. 석희는 조금 전 발라내 냅킨 위에 놓아둔 고춧가루를 내려다보았다. 붉은 그것은 놀랍게도 완벽한 마름모꼴이었다. "오긴 오는 거야?" 재연 엄마가 물었다. 석희는 그 질문에 대답할 수 없었다.

호텔 로비에서 석희는 맨 마지막으로 키를 받았다. 가이드가 키를 건네며 비웃듯 말했다. "따님이 뉴욕에 계신 건 맞아요?" 석희는 아무런 대꾸를 하지 않았다. 피로했고, 피로했다. 석희는 다른 일행들이 모두 각자의 방으로 갈 때까지 기다렸다. 재연 엄마도, 민주 엄마도, 누군가와 누군가의 엄마와 아빠도 모두 엘리베이터를 탔다. 석희 차례가 돌아왔다. 층을 표시하는 버튼들마다 움푹 패어 있었다. 핸드폰을 꺼냈다. 신호 없음. 석희는 4층을 누르고 기다렸다. 어떻게 하나…… 우리 만남은 빙글빙글 돌고……. 엘리베이터가 4층에 도착했다. 도대체 여기서 뭘 하고 있는 거야. 석희는 생각했다. 그러나 생각의 주어가 자기 자신인지 혹은 상원인지 혹은 다른 모든 사람들인지는 알 수 없었다. 엿새째 이어진 미국 여행에서 석희는 두 번 죽을 뻔했지만 그 사실을 아무도 몰랐다. 어째서 두 번 다 45도로 기울어졌지, 석희는 생각했다. 완벽하게 45도였어. 그런데 정말로 지진이 났던 걸까? 석희는 방 번호를 확인했다. 417호였다. 주소를 제대로 알려줬으니까, 오기만 하면 돼. 애가 오기만 하면 돼. 내일 아침 같이 조식을 먹을 거야. 석희는 카드키를 문고리 위 패드에 대며 다짐했다.

지금 뉴저지 들어왔는데 택시비가 모자라요. 엄마 호텔 1층으로 내려와서 기다려줄 수 있어요? 석희가 손부터 씻고 캐리어 지퍼를 열자마자 상원에게서 문자가 왔다. 알겠다 얼마나 걸리니? 빨리 와. 석희는 답장을 보내자마자 부리나케 지갑을 챙겨 방에서 나왔다. 등 뒤로 문이 닫히자마자 카드키를 침대에 두고 나왔다는 걸 깨달았다. 괜찮아, 괜찮다……. 프런트에 사람이 있으니까 사정을 설명하면 되겠지, 석희는 생각했다. 상원에게서는 또 답이 없었다. 뉴저지라니까 지금 시간에 차가 막히진 않을 거고, 아무리 미국이라도…… 그렇겠지? 15분 정도면 될 거야. 한국은 출근 시간을 막 지났을 것이었다. 로비는 한산했다. 프런트에서 아까는 보지 못한 직원이 고개를 숙이고 뭔가 적고 있었다. 석희는 천천히 회전문을 통과해 밖으로 나갔다. 5월의 청량하고 낯선 밤공기가 석희를 감쌌다. 핸드폰에는 여전히 아무런 알림이 없었다. 오기만 해, 어서 와서 무슨 일인지 말을 해. 석희는 초조했다. 어스름한 저녁을 건너 주차장 게이트 근처에서 누군가가 담배를 피우고 있었다. 석희는 자신도 모르게 그에게로 다가갔다. 거리가 가까워지자 회색 눈이 석희를 바라보았다. 석희가 물었다. 담배 좀 빌릴 수 있을까요? 원 달러, 회색 눈이 말했다. 석희가 주머니를 뒤지는 사이, 핸드폰이 진동했다. 엄마……. 그러나 석희는 그 메시지를 읽지 않았다. 불도 빌려주세요, 석희가 말했다. 회색 눈이 석희가 내민 1달러 동전을 빤히 바라보았다. 원 달러, 회색 눈이 말했다. 석희는 그 시선을 받아치며 불을 요구했다. 순식간에 어둠이 완연해졌고, 회색 눈이 마침내 주머니에서 느릿느릿 라이터를 꺼내기 시작했다. 그 순간 석희의 핸드폰이 다시 한번 진동했다.

그때였다.

그저 바라만 보고 있지
그저 눈치만 보고 있지
늘 속삭이면서도
사랑한다는 그 말을 못해

그저 바라만 보고 있지
그저 속만 태우고 있지
늘 가깝지도 않고
멀지도 않은 우리 두 사람

그리워지는 길목에 서서
마음만 흠뻑 젖어가네

어떻게 하나 우리 만남은 빙글빙글 돌고
여울져가는 저 세월 속에
좋아하는 우리 사이 멀어질까 두려워

— 나미, 〈빙글빙글〉 중에서

작가 노트

엄마와 옛 노래에 대해 내가 무슨 글을 쓸 수 있을지 오랫동안 고민했다. 추억도 노래도 잘 몰라서였다. 그러다 문득 몇 년 전 기억이 났다. 굉장한 우연으로 나는 친구를 기다리던 카페에서 엄마를 만났다. 어떤 대화가 오가던 도중에 엄마는 미국 여행을 갔던 이야기를 꺼냈다. 단체 관광객들 틈에서 혼자 독방을 써가며 힘겹게 했던 여행이라고 했다. 엄마는 그랜드캐니언의 웅장함에 대해, 나이아가라 폭포의 섬뜩함에 대해 말했다. 거기 딱 서 있는데 이대로 죽어도 좋겠는 거야……. 나는 그날 엄마의 눈빛을 잊지 않기로 했다.

핑거 세이프티

차현지

2011년 서울신문 신춘문예에
단편소설 「미치가 미치(이)고 싶은」이 당선되어
작품 활동을 시작했다.

우리는 손톱깎이를 나눠 쓰는 사이지만 말은 되도록 하지 않는다. 손톱깎이 못 봤니. 거기 오른쪽 책장 두 번째 선반에 있잖아. 매번 쓰는 데다 놔두는데 왜 맨날 물어봐? 나는 금방이라도 피가 날 듯 끈질기게 뜯어낸 거스러미 표면처럼 거칠게 대응한다. 그녀도 더는 대꾸를 하지 않는다. 그저 손톱깎이가 놓인 위치를 알게 되었다는 것으로 대화를 끝맺는다. 우리가 나누는 대화를 대화라고 할 수 있을까. 어쩌면 우리의 대화는 이런 형태로만 가능하다는 걸 이제야 알게 된 건지도 모른다.

우리는 서로를 향해 수없이 많은 말을 내뱉었다. 그 말에 대한 반응과 그 반응의 반응. 그것을 선으로 표현한다면 아주 낮게 시작했다가 갑자기 높게 치솟고, 그러다가는 프레임 밖을 넘어서 공중의 어딘가로 계속 고공행진을 할 것이다. 고성으로 시작되는 비명, 술병이 깨질 때 나는 날카로운 소리, 굴러다니는 유리 조각과 끊이지 않는 울음. 언어가 아닌 소리도 대화라고 부를 수 있을까. 그러므로 우리는 더 이상 말을 하지 않는다. 아주 간단한 질문과 대답. 손톱깎이 못 봤니 같은 질문과 퉁명스러운 대답, 그리고 말줄임표로 종결되는, 대화라고 할 수 없는 문장의 나열.

그녀 앞에만 서면 나는 돌연 열두 살의 나이로 돌아간다. 현재 내 나이가 몇 살인지, 그때로부터 지금까지 몇 해가 흘렀는지는 중요치 않다. 열두 살의 나는 그녀에게서 기십 년 전 그녀의 얼굴을 떠올린다. 같은 공간을 나눠 쓰며 마주치려 하지 않아도 어쩔 수 없이 그녀를 보게 되지만, 그렇다고 매번 적의에 가득 차 있는 것은 아니다. 그러나 아주 가끔, 순간적으로, 그녀의 뒷모습이나 걸음걸이, 밥을 먹을 때 한쪽 다리를 의자 위에 올려두고 쪼그려 앉아 있는 걸 볼 때, 나는 갑작스러운 짜증을 느낀다. 증오보다는 단순한 짜증에 가깝다. 그 기저에 다양한 감정이 내재되어 있을 거라고 상담의는 말했지만, 어쨌거나 표피적으로는 짜증이 이는 것이 사실이니까. 나는 왜 그녀를 보면 짜증이 날까. 상담을 받기 한참 전부터 스스로에게 던져온 질문이었다. 하나의 어휘로 명명할 수 없는 혼재된 감정의 덩어리를 짜증이라는 부조로 일갈해버린 게 아닐까. 깎여나간 것들, 혹은 오랜 시간을 거쳐 삭은 것들, 그 미세하고 작은 흩날림 속으로 우리가 겪어온 사건의 단초나 명료하지 않은 기억들도 함께 사라진 걸까.

아니다. 나는 열두 살 때의 일을 전부 기억하고 있다. 당장 갖다 버리거나 불에 태워도 좋을 일들을, 나는 세공이 잘된 보석처럼 하염없이 어루만지고 있다. 지금도.

*

가게가 딸린 단칸방. 거실과 방이 분리된 원룸. 건축된 지 20년은 족히 넘은 오래된 복도식 아파트. 방의 개수가 하나, 둘, 셋, 넷까지 늘어나는 데 12년의 시간이 흘렀다. 무언가를 기억할 수 있는 나이부터 나와 가족 구성원은 열한 번 집을 옮겼다. 방 네 칸짜리 집은 그녀의 명의로 된 첫 아파트였다. 마방진처럼 구획된 신도시의 중간쯤 위치해 있던 아파트에는 우리처럼 초등학생 아이를 둔 가구가 절반 이상이었고, 그때까지만 해도 몇 층 몇 호에 누가 사는지 알 수 있었으며, 오며 가며 인사를 하고, 맞은편 호에 사는 사람들과는 나름 왕래를 했다. 지금으로선 상상하기 어려운 일이지만, 혹여 놀이터에서 놀다가 열쇠를 잃어버릴지도 모른다는 염려 때문에, 그녀는 맞은편 호에 살고 있는 사람에게 우리 집 비상열쇠를 맡겨두면서 혹시나 아이가 열쇠가 없다고 벨을 누르면 이걸 주세요,라고 부탁했다. 맞은편 호에 살고 있는 여자는 아이 점심은 어떻게 하시나요? 저희 애들 밥 먹을 때 같이 먹어도 되는데,라고 말했지만 그녀는 완곡하게 거절했다. 제가 밖에서 일을 하지만 애들 굶기진 않아요. 이미 다 만들어 놨으니 냉장고에서 꺼내 먹기만 하면 되고요. 그 정도는 할 줄 아는 나이니까요. 맞은편 호에 사는 여자는 나를 애처롭게 쳐다보며 아, 그렇군요,라고 답했다. 그녀는 현관문을 열고 문이 채 닫히기도 전에 내가 애를 굶기기라도 한다는 거야 뭐야,라고 말하며 눈을 질끈 감았다.

집에서 멀지 않은 곳에는 신도시의 번화가가 있었다. 세 개의 커다란 쇼핑몰이 밀집해 있었고, 그곳을 중심으로 학원가가, 한 블록 너머에 음식점과 술집, 노래방이 늘어서 있었다. 세월이 지나며 번화가는 점차 이동했고 골목은 쇠

락했다. 내가 열두 살이던 즈음에 소비 유동인구가 가장 많은 장소가 세 쇼핑몰을 꼭짓점 삼아 만들어진 거리였다. 그녀는 그중 L쇼핑몰에서 매장을 두 곳이나 운영했다. 여성복만 취급하는 점포를 하다가 장사가 잘되자 평수를 확장했고, 그러다가는 임부복도 취급하는 매장을 한 곳 더 개업했다. 두 개의 점포를 다 신경 쓰기 힘들었던 까닭에 그녀는 여동생에게 매장의 매니저 역할을 맡겼다. 그녀의 여동생은 결혼 전까지 우리와 함께 살았다.

그녀는 보통 새벽 6시쯤 일어나서 밥을 지었다. 압력밥솥의 요란한 소리가 들리고, 달큰한 찌개 냄새가 후각을 자극하면 나는 잠에서 깼다. 그녀는 가족들이 먹을 하루 세 끼니를 만드느라 정신이 없었다. 와중에 드라이를 하고 립스틱을 바르고 눈썹을 길게 빼 그리며 출근 준비도 했다. 일주일에 두 번 정도 도매 시장을 가야 할 땐 자정께에 나갔다가 새벽 서너 시쯤 집에 도착하곤 했는데, 그때마다 나는 일어나면 안 되는 시간에 일어나 혼이 날까 무서우면서도, 방으로 들어가는 그녀의 뒷모습을 숨죽여 바라보았다. 이 사람은 왜 이렇게 바쁠까. 그녀는 늘 바쁘다는 말을 달고 살았고, 실제로도 무척 바쁘게 살았다. 그녀의 남편 역시 나름대로 바쁘게 살았는데, 그 방식과 목적은 그녀와 판이하게 달랐다. 물론 남편도 가정에 도움이 되고자 여러 일들을 벌였다. 다만 잘 안됐을 뿐이다. 최선을 다한 사람에게 뭐라 할 수는 없을 테지만, 과연 그가 진짜 최선을 다했는지는 모르겠다.

그녀의 장사 수완은 날이 갈수록 좋아졌고, 그 덕에 나는 내가 필요로 하는 것이라면 얼마든지 가질 수 있었으며 원하는 무엇이든 먹고 마실 수 있었다.

가게 전체 수입 대부분이 그녀가 벌어 온 것이었는데, 희한하게도 나는 그녀의 남편에게서 원하는 것들을 받아왔다. 남편에게는 그녀의 명의로 된 카드가 있었다. 그 때문에 부부의 싸움이 촉발되었고 점차 잦아졌다는 건 나중에야 알게 된 사실이었다. 사람들은 돈 냄새를 맡고 그녀에게 다가왔다. 주로 남편의 고등학교 동창생들이었는데, 아직 개발되지 않은 땅에 생길 주상복합상가를 분양 받아라, 주식을 해서 돈을 불려라, 종내에는 본인들이 하는 사업에 투자를 하라는 둥 잡다한 정보들을 제공하며 그녀를 힘들게 했다. 신기한 건 그녀가 결국엔 그들의 말을 그대로 따랐다는 것이다. 나는 아직도 그녀가 왜 그런 선택들을 했는지 이해가 되지 않는다. 아마도 그녀의 남편이 계속 얘길 했을 테고, 그녀는 남편의 조언을 따랐을 것이다.

사랑했으니까.

언젠가 술자리에서 그녀는 말했다. 나의 동생도 함께 있었다. 그녀는 남편을 떠올리며 사랑했다고 말했다. 사랑이라니. 사랑해서 그렇게 서로를 죽일 듯 싸우고 그 난리를 친 건가. 나는 다시 열두 살의 나로 돌아간다. 사랑싸움치고 너무 심했다곤 생각 안 해? 내가 삐딱선을 탄다 싶으면 동생이 먼저 내 입을 막는다. 도대체 언제까지 그럴 건데. 그러다 보면 나의 화살촉은 그녀가 아닌 동생에게로 향하게 된다. 그녀는 넋 놓고 동생과 나의 싸움을 지켜보고만 있다. 그녀는 소주 한 잔을 비워내며 그만하자, 이제 그만자자, 하고는 식탁 위에 놓인 접시들을 치우기 시작한다. 동생이 결혼식을 앞두고 이 집을 탈출하기 이틀 전까지, 우리는 열두 살의 나 때문에 수없이 싸우고 또 싸웠다. 내 입장에서는 당장 눈앞에 보이는 가해자가 그녀뿐이라서 말을 뱉은 것뿐인데, 동생은 열두 살의 나를 결코 받아들이지 않는다. 아빠를 이 집에서 내쫓은 건 엄마가 아니라 언니야. 나는 씨발, 하고 악을 지르며 집 밖으로 나온다. 내가 담배를 태우는 5분 남짓한 시간 동안 동생은 그녀를 다독였을 것이다. 현재 그녀가 의지하는 건 큰딸이 아닌 막내딸이다. 물론 그녀가 내게 의존했던 때가 있다. 그러나 나는 그 시간들을 내 기억에서 완전하게 지우고 싶다.

하지만 열두 살의 나는 죽여도 죽여도 영원히 죽지 않는다.

*

우리는 방이 네 개인 그녀의 첫 자가 아파트에서 4년을 살았다. 혼자만의 방을 갖게 된 것이 어색하고 무서워 밤이 되면 나는 동생 방에 가서 잠을 자는 일이 많았다. 큰딸이라는 이유로 나는 새 침대를 선물받았고, 그녀와 그녀의 남편이 쓰던 더블 침대는 동생이 쓰게 되었다. 그녀와 그녀의 남편은 프레임이 더 크고 멋진 침대를 샀다. 내가 받은 침대는 새것이었지만 둘이 자기에는 좁은 싱글 침대였다. 동생은 매번 내게만 새것을 사주는 게 불만이었을지 몰라도, 나는 그들이 쓰던 침대가 더 좋아 보였다. 나이트 테러가 심한 탓에 소아정신과를 다니기도 했던 나는 잠에 드는 걸 배우지 못한 어린아이처럼 불안에 떨며 베개 커버의 모서리 부분을 꽉 쥐고 눈을 감았다. 혹시나 자는 새 블랙홀이 생겨나 우주로 빨려 들어가면 어쩌지. 잠에 들지 못하고 공포에 떨게 된 가장 큰 이유는 우주였다. 내가 사는 이 땅이 실은 구의 형태를 지니고 있다는 것도, 인간을 비롯해 모든 생물은 언젠가 죽는다는 것도, 지구는 은하계의 아주 작은 일부에 지나지 않는다는 것 역시, 나는 그녀를 기다리는 동안 쇼핑몰 지하에 있던 서점에 꽂힌 책들을 읽으며 알게 되었다.

수업을 마치고 나면 아이들은 삼삼오오 모여 서로의 집이나 공원, 놀이터로 가곤 했지만, 나는 그 무리에 끼지 못했다. 일곱 살 때부터 시작한 수영이 적성에 맞아 꾸준하게 선수 준비를 하던 차였다. 수업을 마치면 나는 L쇼핑몰 건너편에 있던 H쇼핑몰 수영장으로 향했다. 하루에 세 시간, 많으면 다섯 시간씩 물속에 있었다. 병렬로 놓인 레인보우색 레인은 내게 직선과 턴, 그리고 째깍거리는 초침 소리를 즉각적으로 떠올리게 했다. 자유형과 접영 실력이 비등하다는 이유로 선출의 기회가 찾아왔다. 팀을 가르치던 코치는 남자였는데, 유난하리만큼 작은 삼각 수영복을 입은 채 나를 종종 자신의 허벅지 위에 앉히고 말을 건넸다. 너는 우리 팀 에이스야,라면서 나의 목덜미를 만지곤 했다. 코치가 자꾸 다리를 덜덜 떠는 바람에 내 몸이 코치의 상체 쪽으로 기울어질 때, 나는 좋지 않은 기분을 느꼈지만 명확하게 어떤 느낌인지 제대로 파악할 수도, 누군가에게 얘기할 수도 없었다.

아이를 기다리는 학부모들은 휴게실에서 유리창 너머로 수영장을 관찰할 수 있었다. 그래서인지 그들은 코치가 나만 편애한다는 컴플레인을 하기도 했다. 하루는 학부모 모임 대표라는 여자가 네 엄마는 어째서 한 번을 들르질 않느냐며, 아무래도 코치를 바꿔야 될 것 같은데 연락처를 줄 수 있겠느냐고 내게 물어왔다. 그러면서 하기야 넌 예쁨받는데 바뀌면 좀 서운하긴 하겠다만,이라고 덧붙였다. 물기를 머금은 머리카락이 내 티셔츠를 천천히 적셨다. 여자는 머리카락을 다 말리고 나와야 감기에 걸리지 않는다고 말해주었다. 나는 고개를 끄덕이며 인사를 하고는 돌아섰다. 얘, 엄마 연락처 좀 달라니까. 너 집에는 어떻게 가니? 셔틀버스 탈 줄 알아? 계속되는 여자의 말을 끝끝내 못 들은 척하며 나는 건물을 빠져나왔고, 횡단보도를 건너 L쇼핑몰로 갔다.

오늘 신기록을 세웠다고 말해야지. 국어 시간에 낭독을 잘해서 칭찬받은 것도 얘기해야지. 나는 그녀를 만나기 전, 그날 있었던 일화를 몇 개쯤 준비해두었다. 그러나 말할 타이밍을 번번이 놓치곤 했다. 종일 고객을 응대하느라 진력이 난 그녀는 내가 매장에 도착하면 왔니, 하며 만 원짜리

지폐를 쥐여주었다. 손님이 몰릴 때면 나는 매장 안쪽, 옷 무더기가 쌓여 있는 창고 커튼 뒤에 숨어 있었다. 조금 한가해지면 그녀는 내가 아닌, 옆 교복 매장의 점주와 수다를 떨거나 임부복 매장이 잘 돌아가고 있는지 확인했다.

혼자 남은 나는 커튼을 열고 슬그머니 나와 1층 식당가의 경양식 음식점으로 내려갔다. 테이블마다 아이와 부모로 보이는 사람들이 앉아 있었다. 나는 그들 사이를 가로질러 작은 정사각형 테이블에 자릴 잡았다. 내가 온 걸 확인한 직원은 메뉴판도 주지 않고 바로 키친에 접수를 했다. 얼마 지나지 않아 돈까스 정식과 수프를 내어주었다. 나는 혼자서 나이프와 포크를 들고 돈까스를 썰어 먹었다. 주변에서 들려오는 아이의 응석과 부모의 다독임, 화목하고 다정한 분위기 속 동그랗게 둘러앉은 사람들의 웃음소리를 배경음 삼아. 그릇에 담긴 수프에 후추를 뿌리고, 천천히 한 스푼씩 떠먹으면서 나는 그들의 대화를 엿들었다. 받아쓰기를 100점 맞았나 보네. 가장 친한 친구와 싸웠구나. 주말에 여행을 가자고 조르고 있구나.

경양식집 사장은 가끔 내 맞은편 의자에 앉아 쉬곤 했다. 그럴 때면 나는 왜인지 모를 이상한 기분이 들었다. 분명 돈을 내고 먹는데, 왜 이 아저씨는 아무렇지도 않게 내 테이블에 앉을까. 다른 사람들이 보면 내가 이 집 딸인 줄 알겠어. 잘라놓은 돈까스를 포크로 두어 개씩 찍어 한꺼번에 입 안에 빵빵하게 욱여넣고는 한참 동안 우물우물 씹었다. 수영 후 배가 고파 허겁지겁 먹는 것이기도 했지만, 사실은 사장과 같은 테이블에 있는 게 싫어서였다.

밥을 다 먹고 나면 서점으로 갔다. 신도시 번화가에서 규모가 가장 큰 서점이었다. 학습지와 실용서적 코너에는 사람들이 북적거렸다. 나는 소설 코너에 자리를 잡고 앉아 전날 읽다 만 책을 펼쳤다. 그렇게 읽은 책들 중에 소장하고 싶은 걸 골라서 일주일에 한 번씩 몰아 샀다. 그녀는 다른 건 몰라도 내가 책을 좋아한다는 것만큼은 알고 있었다. 그녀는 내가 원하지 않아도 책이라면 무엇이든 사 들고 왔다. 집에 먼저 가도 되는데 굳이 그녀를 기다리며 서점 구석에 쪼그리고 앉아 있던 건 책 때문이기도 했다. 잦은 전학 탓에 친구를 사귀는 게 쉽지 않았고, 팀이긴 하지만 결국 수영은 홀로 헤쳐 나가야 하는 종목이었으니, 책은 나와 대화다운 대화를 나눌 수 있는 유일한 친구였다. 말을 거는 쪽은 늘 책이었다. 그 덕에 나는 문장을 이미지로 바꾸는 법을 조금 일찍 터득할 수 있었다. 상상 속 형상화된 인물과 대화를 하면서 나는 자연스레 공상이라는 마법을 쓸 수 있게 되었다.

서점에 앉아 있는 나를 부르는 그녀의 목소리가 들리면 나는 곧바로 책을 내려두고 뛰쳐나갔다. 모든 행로가 공원으로 이어지는 거리를 걸으면서 나는 그녀의 손을 잡으려 했다. 그러나 그녀는 피로한 상태였고, 하루 정산과 내일 일정을 복기하고 계획하는 데 여념이 없었다.

그녀는 잠을 잘 때 꼭 방문을 잠갔다. 내가 엄마, 하고 방문을 여는 바람에 자고 있는 그녀를 깨운 적이 몇 번 있었다. 그때마다 그녀는 나를 크게 혼냈다. 생계를 위해 최선을 다했으나 그녀의 체력은 욕심만큼 따라주질 못했다. 어릴 적, 집에서 링거를 맞고 있는 그녀를 본 적 있었다. 우리 엄마 죽어요? 하고 묻자, 두툼한 갈색 가죽 가방에서 스테인리스로 된 침통과 뾰족한 침 바늘을 꺼내던 아주머니가 그럴 일은 없을 거라고 말하며 내 머리칼을 쓰다듬어주던 기억. 나는 그녀가 체력적으로 힘들어하는 모습을 많이 봐왔다. 남편 때문에 괴로워하는 모습도 너무 많이 봤다. 너무 많이. 정말 너무 많이. 그러므로 나는 그녀에게 함부로 칭얼댈 수도, 속상하다고 울 수도, 친구가 없어서 외롭다고 말할 수도 없었다.

그녀가 내게 잠드는 방법을 알려준 적이 있었나. 잠은 이렇게 자는 거라고. 함께 놀아주며 체력을 소모시켜 나른하게 잠에 들게 하거나, 내가 잠에 들 때까지 다정한 목소리로 책을 읽어준다거나. 기억이 나질 않는다. 아마도 없을 것이다. 아니, 없다고 단정한다.

나는 십수 년째 수면제를 복용한다. 먹어도 잠에 들지 않는 날들이 많았다. 나는 나의 불면을 언제나 그녀의 탓으로 돌린다. 그렇게 살아야만, 사는 게 조금 쉬워지는 것 같았으므로.

*

그녀의 남편이 처음으로 종적을 감춘 것은 내가 열두 살 때의 일이다. 굳이 컴퍼스로 완벽하게 둥근 원을 그리지 않아도, 밤과 아침 사이를 가로지를 수 있는 정확한 시점이 있다면 아마도 새벽 3시 정각, 가로등 빛만 어슴푸레 초록의 나뭇잎을 비추고 있는 단지를 서성이던 그녀는 더 이상 그러고 싶지 않았는지, 자고 있는 나를 깨우곤 했다. 네가 나가봐. 지하 주차장까지 싹 뒤져. 나는 미니마우스가 그려진 파자마 원피스 하나만 걸친 채 졸음이 가득한 눈꺼풀을 애써 올리며 아파트 주변을 탐색했다. 그녀의 남편은 화단 풀밭에 쓰러져 있기도 했고, 지하 주차장에 차 문을 열어놓은 채 운전석에서 자고 있기도 했다. 처음에는 혼자 집 밖을 나섰다. 그러나 38킬로그램밖에 되지 않는 여자아이가, 물에 젖은 것처럼 몸을 가누지 못하는 84킬로그램의 성인 남성을 일으켜 세우기란 불가능했다. 나는 동생을 깨워 함께 내려가곤 했다. 잠이 많은 동생은 엘리베이터 안에서 왜 이런 걸 자신에게 시키느냐고 엉엉 울었다. 나는 동생을 달래면서도 이건 우리가 해야 될 일이라고 못을 박았다. 엄마는 힘들고 아프잖아. 그러니 너와 내가 해야 돼. 우리는 곯아떨어진 그녀의 남편을 세게 때리고 꼬집어가며 깨웠다. 정 안 되면 그냥 들쳐 업고 걸을 수밖에 없었다. 언니, 멈췄다 가. 나보다 체구가 더 작은 동생이 말하면 나는 그래 그러자, 하고 멈추었다. 세 걸음 걷다가 쉬고, 다시 또 두 걸음 걷다가 쉬고. 등허리와 겨드랑이에서 흘러내리는 땀이 모여들어 얇은 파자마 원피스를 금세 적셨다. 우리의 목표점은 엘리베이터였다. 어떻게든 7층에만 올라가면 됐다. 엘리베이터가 1층에 도착했다는 소리와 함께 문이 열리면 나와 동생은 힘겹게 들쳐 메고 있던 짐덩이 같은 그녀의 남편을 바닥에 내다 꽂았다.

띵동, 하고 엘레베이터 문이 열렸지만 우리는 1미터도 안 되는 현관문 앞까지 그를 끌고 가지 못했다. 이제부터는 그녀의 몫이었다. 우리는 702호 앞에 서서 노크를 하고 그녀가 나오기를 기다렸다. 30초도 안 되어 그녀는 문을 열었다. 우리는 봐서는 안 될 것을 보고야 만 아이들처럼 곧장 각자의 방으로 뛰어 들어갔다. 손발 씻고! 그녀의 목소리가 들렸지만 무시했다. 방문을 잠근 채 책상 밑으로, 작은 나의 벙커 안으로 숨었다. 나밖에 없는 방 안에서도 가장 안전하다고 느껴 파고들었던 세이프티 박스. 나는 침대 위 아무렇게나 놓여 있던 이불과 아끼는 봉제 인형 몇 개를 안고 울먹였다. 현관 문턱에서 거실까지 육중한 몸을 질질 끄는 소리가 얼마간 지속됐다. 뒤이은 갑작스러운 멈춤. 현관과 거실을 잇는 짧은 통로에는 그녀가 아끼던 관상용 수조가 있었다. 산소발생기가 내는 일정한 기포 소리가 온 집 안을 가득 채우는 느낌이었다. 이러다가 집 전체에 물이 차면 어떡하지? 수면 위가 없는 완벽한 물속. 나는 해저생물이 된 것마냥 수영장의 민트색 타일 바닥을 손가락으로 하나씩 짚어가며 잠수를 하는 상상을 한다. 실제로 잠수를 할 때마다 검지손가락으로 타일과 타일 사이, 가로세로로 획이 그어진 백시멘트 자국을 눌러가며 앞으로 움직이곤 했다. 비록 자꾸만 둥둥 떠오르게 되지만, 그럼에도 나는 땅을 딛고 있다고 확인하기 위해서.

너는 물속에 있지 않다고,
숨을 쉬라고,
눈을 뜨고 제대로 보라고,
경고음이 울린다. 그녀가 방아쇠를 당기는 소리.
그때부터 나는 촉각을 곤두세우고,
안전요원이 된다.

폭풍이 지나간 자리. 가족사진이 걸려 있던 벽 한 귀퉁이가 휑하니 비어 있었다. 바닥에는 부서진 액자 틀, 그리고 찢긴 사진이 조각조각 널려 있었다. 빨래 건조대는 이미 쓰러진 지 오래였고, 마르다 만 빨랫감이 제멋대로 퍼져 있었다. 나는 주섬주섬 속옷과 양말, 수건을 옮겨 다시 빨래통에 넣었다. 갈기갈기 찢긴 사진이 눈에 밟혔다. 젊은 시절, 사진관에서 일을 했던 경험을 바탕으로 본인이 직접 가족사진을 찍을 수 있다던 그녀의 남편은 비싼 카메라를 구매했다. 시가지의 처음과 끝을 다 아우르는 기다란 세로 형태의 인공 호수 공원으로 향했다. 사람이 별로 없는 한적한 정자에 앉아 나, 동생, 그녀의 남편, 그리고 그녀는 삼각대 위에 놓인 카메라를 응시했다. 너는 아빠 옆에 앉아. 그녀는 동생을 자신의 옆자리에 앉히고는 나를 보며 말했다. 대수롭지 않은 배치였지만 나는 그녀의 말에 상처를 받았다. 왜 나는 엄마 옆에 앉으면 안 돼? 묻고 싶었으나 말하지 않았다.

너는 네 애비랑 똑같이 생겼어. 네 애비와 네 돌 사진을 같이 두고 보잖아? 내 배에서 나온 게 분명한데도 마치 네 애비가 낳은 것처럼 똑 닮았단 말이지. 어쩜 저렇게 똑같이 생겼는지. 기실 내가 보아도 흑백과 컬러의 차이일 뿐, 똑같은 아이가 앉아 있는 것 같았다. 나는 그 말을 들을 때마다 그게 마치 무척 잘못된 일인 양 느껴졌다. 특히나 전쟁 같은 밤을 치르고 나면 더욱더.

그녀는 버려진 물건처럼 쓰러져 있는 자신의 남편을 굳이 깨우려 들었다. 일어나. 일어나라고! 술에 취한 그녀의 남편은 아무리 불러도 정신을 차리지 못했다. 어깨를 뒤흔들고 고성을 지르고 별짓을 다 해도. 그녀는 남편이 못 들은 척하는 거라고 생각했다. 아무리 그래도 이렇게까지 안 일어날 수가 있는 거냐고. 일부러 저러는 거라고. 그녀는 악다구니를 쓰며 자신의 남편을 어떻게든 깨우려 들었고,

기어이 남편이 욕설을 내뱉는 것까지 들어야 했다. 그렇게 총구는 겨누어졌다. 나는 방 안에서 그들의 싸움이 끝나기만을 기다렸다. 혹여 그녀가 다칠까, 그러니까 그녀의 남편이 그녀를 때릴지도 모른다는 초조함에 휩싸인 채로. 크게 맞은 적도, 다친 적도 없었지만 늘 불안했으니까. 그녀가 일방적으로 쏘아붙이는 말들은 목적을 위한 논쟁, 결론을 도출하기 위한 대화가 아니었다. 사람을 모서리로 몰아세우는 말. 차라리 벼랑이었다면 떨어져버리면 그만인데, 출구도 바깥도 없는 깊은 안쪽으로 사람을 더없이 짓눌러버리는 말. 그런 말을 토해낸다고 달라질 게 있을까. 분명 잘못한 건 그녀의 남편임에도 나는 어느새 그녀의 맞은편에 서게 된다. 그녀의 남편 앞에 서서, 제발 그만하라고, 내일 얘기해도 되지 않느냐고, 나는 그녀에게 소리를 질렀다. 너는 들어가. 그녀는 말했다. 비켜. 비키라고. 나는 그녀를 보호하기 위해 반대편에 선 것뿐이었다. 혹시 모르니까. 파국에 치닫는 말들에 베인 그녀의 남편이 혹여 그녀를 해칠 수도 있으니까. 나는 그녀가 알 것이라고 생각했다. 내가 무엇을 지키고 싶어 하는지를. 그러나 그녀는 몰랐다.

안방에서 울음소리가 들려왔다. 손바닥으로 매트리스를 치며 그녀는 울고 있었다. 동생이 잠에서 깨기 전에 나는 거실을 빨리 치워야 했다. 훗날 정말 그때가 기억이 안 나느냐고 몇 번이나 물은 적이 있었다. 동생은 전혀 기억이 나지 않는다고 했다. 동생은 정말 모르는 걸까. 아님 모른 척하는 걸까.

대낮이었다. 그녀의 시어머니가 집을 찾아온 적이 있다. 사달이 난 집 안을 보며 혀를 끌끌 차던 시어머니는 그래서 어쩔 셈이냐고 그녀의 남편에게 물었다. 나는 낮잠을 자고 있는 동생의 양쪽 귀를 손바닥으로 조심스럽게 감쌌다. 그녀의 남편은 대답했다. 아들 낳아줄 여자 만나면 돼요. 어차피 딸년들밖에 없는데. 그러고 난 후 그는 별것 없는 짐을 대충 싸서 밖으로 나갔다. 그녀의 남편은 두어 달이 지나 집으로 돌아왔다. 그 두어 달 동안 하루도 빠짐없이 동네 곳곳을 돌아다니고, 남편의 친구들에게 전화해 혹시 같이 있느냐고, 연락은 따로 없었느냐고 묻던 그녀는 우릴 위해 김밥과 유부초밥을 만들고 수프를 만들고 도시락을 싸주면서도, 본인은 정작 밥 한 술 뜨지 못했다. 잠도 자지 못했다. 늦은 새벽, 소파에 앉아 가족사진이 걸려 있던 벽을 멍하니 쳐다보고 있던 그녀를 몰래 지켜보던 나는 용기를 내어 그녀의 곁에 앉았다. 조금 있으면 해가 떠. 조금이라도 자야 하지 않을까. 그녀는 악에 받쳐 울지도, 화를 내며 소릴 지르지도 않았다. 다만 나를 껴안으며 말했다. 교회라도 가야 하나. 정말 그거밖에 길이 없는 것 같아. 일요일에 엄마랑 같이 교회나 갈까. 그녀는 그때까지 불교신자였다. 시어머니를 따라 매주 동네에 있는 사찰을 다녔다. 베란다 창 너머 십자가 모양의 빨간 불빛이 보였다. 불도 켜지 않은 채 완전한 어둠 속에서 발견한 불빛 때문이었을까. 미움도 서러움도 없이, 다만 앙상해진 목소리. 나는 나지막이 그날 그녀의 남편이 했던 말을 전했다. 그녀는 아무런 말도 하지 않았다.

그녀의 아주버님은 나와 동년배의 아들을 두었다. 때때로 그녀는 아주버님 부부에게 나와 동생을 맡겨두고 시장을 가기도 했다. 나는 엄마가 없어서 잠이 안 온다고 울며불며 야단을 쳤다. 아이고, 계집애가 고집이 너무 세. 나이가 몇 살인데 아직도 엄마 타령이야. 그녀의 시어머니는 얼른 잠이나 자라고 내 등짝을 때리며 말했다. 명절이었나. 시댁 식구들로 붐빈 곳. 혼자 방에서 놀고 있는 나를 그녀가 들여다보고 있었다. 공부 열심히 해야 돼, 다른 건 몰라도 정호보다는 잘해야 돼, 알았지. 정호는 아주버님의 아들 이름이었다. 나와 연생이 같은 아들. 어쩌면 그게 문제였을지도 모른다. 내가 남자로 태어나지 않은 게 그녀를 힘들게 한 걸까.

나는 그녀의 남편이 진심으로 그 말을 했다고 생각하지 않는다. 그럼에도 그 말은 영영 사라지지 않을 터. 말은 휘발되는 것. 그러나 그 말을 듣게 된 순간은 이미지 파일로 저장되어 영구히 삭제되지 않을 것이다.

응당 그녀가 책임져야 할 사건이었다. 어차피 그녀의 남편은 그녀의 남편일 뿐이었고 나의 보호막은 그녀의 남편이 아닌, 오롯이 그녀였으므로.

그때부터였을까. 나는 그 말을 듣게 만든 그녀에게,

영원한 증오를 갖기로 결심한다.

*

우리는 죽음을 목전에 두어본 적이 있는 자들이었다. 시기도 달랐고 형태도 달랐으며 후유증조차 달랐지만, 내가 그녀와 비슷한 구석이 있었다면 그것이었다. 그뿐이었다. 자신이 조형한 세계가 자신의 뜻대로 구동하지 않을 때, 우리는 먼 미래에 있어야 할, 단 한 번이어야 할 사건을 연거푸 데려왔다. 언제나 실패인 결말인 걸 알면서도, 극구 끌고 오는 이유는 일종의 타격감 때문이었다. 고장 난 기계의 부속품을 꺼내고 해체하는 것이 아니라, 기계 표면을 탁탁탁 두들기며 원상태로 복구하고자 하는 우스운 버릇. 그러나 스스로를 타격하는 일은 생의 각도를 점점 더 엇나가게 만들 뿐이었다.

매월 첫째, 셋째 주 일요일은 L쇼핑몰 휴무일이었다. 아침 일찍 나가지 않아도 되는 날에도 그녀는 늘 똑같은 루틴을 유지했다. 아무것도 하지 않고 쉰다는 느낌을 받는 것이 되레 육체적으로 더 피로한 것 같다던 그녀는 휴무일마다 시어머니와 함께 사찰을 찾았다. 연로한 시어머니를 부축해 작은 동산 위를 오르고, 천천히 돌계단을 밟았다. 나와 동생도 그들을 따라 사찰을 방문하곤 했는데 나는 거룩하게 앉아 있는 불상을 보며 환한 대낮임에도 늘 어둠을 떠올렸다. 가로등 빛도 들지 않는 깜깜한 불당 안에서 홀로 부처님을 마주한다면 어떤 기분일까. 생물의 형상을 띠고 있는 조각상들. 돌과 청동, 구리로 된 기념물 속에는 분명 영혼이 담겨 있을 거라 확신했다. 마음을 다해 불공을 드리고 절을 하며 기복을 바라는 사람들의 욕망이 고스란히 그 상에 맺혀 있을 거라고.

그녀는 성심을 다해 절을 했다. 머리를 숙이며 두 손바닥을 하늘로 향해 펼쳐 뉘었다. 남편과의 불화가 지속되자 그녀는 108배를 하기도 했다. 108번의 절을 하는 동안 그녀가 바랐던 건 무엇이었을까. 근면하지 못한 남편을 고쳐주세요. 몸에 받지도 않는 술을 그만 마시게 해주세요. 처음 만났을 때와 같이 착한 사람으로 돌아갈 수 있도록 도와주세요. 아마도 이런 주문을 외지 않았을까. 나는 뒤편에 서서 무릎을 꿇은 채 울고 있는 그녀의 모습을 지켜보았다. 정확히는 노랗게 굳은살이 박인 그녀의 맨 발바닥을 뚫어져라 응시하며.

그녀가 자살을 기도한 날, 나는 처음으로 교회에 갔다. 반에서 유일하게 내게 말을 걸어준 아이가 자신이 다니는 교회에 오면 삼겹살을 먹을 수 있다고 했다. 예배가 끝나고 초등부 아이들이 삼삼오오 모여 목사를 기다리고 있었다. 정말 먹어도 돼? 나는 여기 다니지도 않는데. 그러자 아이는 이제부터 다니면 되잖아, 하고는 내 손을 잡고 목사에게 데려갔다. 전화번호를 외울 만한 친구도 한 명 없었던 내게는 누군가와 함께 학교 밖에서 어울리는 것이 처음이었다. 그래서인지 그 아이의 호의를 저버리면 안 되겠다는 마음이 들었다. 그러면서도 늘 향냄새를 풍기는 절간만 다녀본 내가 느닷없이 예수님을 믿으려는 게 조금 이상하지 않나 싶은 생각도 들었다. 매주 일요일마다 교회에 가게 되면 더 이상 그녀와 함께 부처님 앞에 서 있지 못할 것 같아 괜스레 두렵기도 했다. 신은 양립이 불가하다고 생각했으니까. 부처님도 믿고 예수님도 믿는 건 안 될 일이겠지. 나는 목사가 건네주는 삼겹살 한 조각을 접시 위에 그대로 내버려 두었다. 목사는 어떻게든 나를 전도할 요량으로 성경 말씀을 인용하며 설교를 시작했지만 나는 귓등으로도 듣지 않았다.

다음 주에 또 보자. 아이는 마치 그 주에 본인이 해야 할 과업을 수행했다는 듯 흐뭇하게 웃었다. 엄마로 보이는 여자에게 딱 붙어 팔짱을 끼고는 퇴장했다. 텅 빈 기분이 들었다. 역시 괜히 왔다고 느꼈다. 저만치 걸어가는 모녀의 뒷모습을 바라보며 다짐했다. 나도 엄마가 있고, 엄마가 믿는 신을 믿을 거라고. 믿는다는 게 무엇인지는 정확히 모르겠지만 여하튼 엄마의 신을, 엄마와 함께 믿어보겠다고.

현관문을 열자 여느 때와 같은 익숙한 적막이 찾아왔다. 그러나 그날만큼은 공기에 물방울이 하나씩 달려 있는 것처럼 축축하고 묵직한 느낌이 들었다. 그녀의 남편이 1년새 세 번째 잠적을 감행한 시기였다. 무언가를 던지고 깨뜨리는 소리, 비명에 가까운 고성을 지르다가 말고 꺼이꺼이

흐느끼는 울음소리는 나지 않았다. 그럼에도 무슨 일이 터질 것만 같은, 아니면 이미 감당할 수 없는 전사가 휩쓸고 지나간 것만 같은 기분에 나는 두려움을 안고 거실로 향했다. 다행히 거실에는 아무도 없었고, 아무 일도 벌어지지 않은 것처럼 보였다. 모든 것이 제자리에 그대로 놓여 있었다. 나는 거실을 지나 안방으로 향했다. 외출 시 환기를 위해 늘 방문을 활짝 열고 나가는 그녀였다. 안방문은 굳게 닫혀 있었다. 나는 맞은편 동생 방을 들여다보았다. 동생은 없었다. 어쩐지 다행이라는 생각을 했다. 낮잠이라도 자고 있는 걸까. 그녀는 잠에 들면 늘 방문을 굳게 잠갔으니까. 그러나 일평생 낮잠이라는 걸 자본 적이 없는 사람이었다. 나는 조심스럽게 문고리를 오른쪽으로 움직였다. 문은 잠겨 있었다. 베란다를 통해 들어가 보려고 했지만 창문도 잠겨 있었다. 나는 다시 방문 쪽으로 돌아와 노크를 했다. 똑똑. 똑똑똑. 똑똑똑. 엄마. 똑똑똑. 똑똑똑. 똑똑똑. 엄마. 안에서는 아무런 기척도 들리지 않았다. 심장이 거세게 뛰기 시작했다. 쾅쾅쾅. 쾅쾅쾅. 엄마! 쾅쾅쾅. 쾅쾅쾅. 나는 발길질까지 해가며 문을 드세게 두들겼다. 그때 감정이 무엇이었는지 확실히 알 수는 없었지만 지금 생각해보면 아마도 서러움이었던 것 같다. 나는 비명을 지르고 울면서 방문을 두들겼다. 그러나 방문은 열리지 않았다. 온몸이 덜덜 떨리며 식은땀으로 흥건해졌다.

구조대원들이 방문을 부수고 안으로 들어갔을 때, 그녀는 안방에 있는 작은 화장실에 쓰러져 있었다. 내가 안으로 들어가려고 하자 구급대원 한 명이 나를 막아섰다. 그러고는 여자 대원을 불러 나를 좀 데리고 있으라는 듯 눈길을 주었다. 여자 대원은 내 방이 어디냐고 물었다. 나는 지금 그게 중요한 게 아니지 않느냐고 반문했다. 엄마는 괜찮으실 거야. 여자 대원은 내 이마를 쓰다듬으며 일단 밖으로 나가자,라고 말했다. 푹신한 침대가 놓인 안온한 안방은 어느새 사건 현장으로 변모했다. 그러나 누군가 콕 집어 사건이라 명명하지 않더라도, 그녀가 자리했던 곳곳이 늘 사건의 터였음을 나는 그 누구보다 더 잘 알고 있었다.

그녀는 앰뷸런스에 실려 응급실로 이송되었다. 어린아이를 혼자 집에 놔두는 게 불편했는지 여자 대원은 정말 괜찮겠어? 하고 몇 번이고 물어보았다. 당연하죠. 맨날 혼자 있는걸요. 여자 대원은 결국 그녀의 시어머니를 집으로 불렀다. 그럴 거면 차라리 그녀의 여동생을 부르지. 그러나 그녀의 여동생은 그녀의 곁에 가 있어야 했다. 근방에 살고 있던 그녀의 시어머니가 부랴부랴 내 손을 붙들고 나를 자신의 집으로 데려가려 했다. 나는 동생이 올 때까지는 꿈쩍도 안 하겠다며 얼마간 실랑이를 했다. 선수 체력 못 따라가겠네. 억세게 잡고 있던 내 팔목을 풀어주면서 그녀의 시어머니는 말했다. 아빠도 없는데 괜찮겠어? 나는 그녀의 시어머니를 노려보았다. 그러고는 나지막하지만 단단한 목소리로 대답했다. 아들 낳아주는 여자 만나러 간 사람을 여기서 왜 찾아요. 그녀의 시어머니는 그게 뭔 말 같지도 않은 소리냐며 구시렁거렸으나 제법 당황한 눈치였다. 제 엄마 닮아서 독하기는. 빈집에 손녀딸을 두고 퇴장하는 할머니의 마지막 대사에 걸맞게 완벽했다. 완벽하게 일그러져 있었다.

그녀는 해가 지고 한참이 지나서야 집으로 돌아왔다. 정신병동 입원을 강하게 권유하는 응급실 의사와 대차게 싸웠다고 했다. 내가 미쳤냐? 정신병원에 제 발로 들어가게. 그녀의 여동생은 한숨을 쉬며 그녀의 어깨를 주물러주었다. 나는 동생을 데리고 동생 방으로 들어갔다. 동생은 계속 배가 고프다고 했지만 나는 내일 아침까지 기다리자고 다독였다. 내일 아침이 되면 평소와 똑같이 압력밥솥 소리에 잠에서 깰 것이고, 열어둔 창문을 통해 달큰한 찌개 냄새가 정신을 말똥말똥하게 만들어줄 거라고. 그러니 지금은 잠을 자자고. 나는 나의 동생을, 그녀의 여동생은 자신의 언니를 얼마간 토닥여주었다.

나는 아직도 그녀가 어떤 방법으로 자살 시도를 했는지 정확히 알지 못한다. 손목에 붕대를 감았다면 리스트컷을 의심할 수 있었지만 겉으로 보기에 멀쩡했다. 아마도 수면제 성분이 들어간 약을 과용했을 가능성이 높았다. 잠이 안 올 때마다 먹던 조그맣고 동그란 알약 같은 게 있었다. 그녀의 여동생, 그리고 나의 동생 모두 그날에 대해서는 함구한다. 아마도 동생은 아예 기억조차 나지 않을 것이다. 그녀의 여동생은 갓 백일이 지난 둘째 아이가 있었음에도 상습적으로 노름판을 기웃대는 남편을 더는 찾아다니고 싶지 않아 이혼을 택했다. 두 자식을 홀로 키워야만 하는 고약한 일상이 지난하게 흘러가던 시기였다. 어쩌면 자신의 언니가 죽으려고 발악을 하는 걸 지켜보면서 차라리 내게도 그럴 용기가 있었다면, 하고 부러워했을지도 모른다.

그러나 나는 똑똑히 기억하고 있다. 들것에 실려 나가던 그녀의 처참한 얼굴을.

그녀는 자신을 포기한 것이 아니다. 나를 포기한 것이다.

나는 검지를 방아쇠에 밀어 넣고 총구를 겨누기 시작한다.

*

열아홉 살이 되던 해, 나는 그녀의 남편을 집 밖으로 완전하게 쫓아낼 수 있었다. 그해 수능 시험 당일은 내 생일이기도 했다. 종일 거실에 누워 TV를 보던 그녀의 남편은 그녀의 퇴근 시간에 맞춰 집을 비웠다. 언젠가부터 그녀는 자신의 남편에게 더 이상 무언가를 요구하지 않았다. 경제적인 도움은 물론이고 애정 따위도. 그녀는 묵묵히 자신의 일, 두 아이를 키우는 데에만 초점을 맞췄다. 매일 득달같이 싸우자고 덤벼들던 아내가 돌연 관심을 거두자, 그제야 그녀의 남편은 무언가가 잘못되어 가고 있다는 걸 느낀 듯했다. 수많은 직업을 전전하던 그녀의 남편은 사업을 받쳐줄 만한 여윳돈도 없었으며, 기업의 고문직을 하기에는 그럴싸한 경력 또한 없었고, 그렇다고 본인이 생각하기에 하잘것없는, 그러니까 모양새가 안 나는 직업을 갖기에는 자존심을 차마 버릴 수가 없었다. 저녁에 집에 들어오는 아내를 피하고자 그는 밤새 돌아다닐 수 있는 대리운전 일을 시작했다.

수능 전날, 샤워를 하던 그녀의 남편에게 나는 쌍욕을 퍼부었다. 씨발새끼 존나 안 나오네, 물은 지 혼자 다 써? 좆

같은 게 진짜 평생 저만 알아, 저렇게 좆같이 구니까 개차반처럼 살지. 물줄기가 흐르는 내내 못되고 나쁜 말들이 사방에 흩뿌려졌다. 나갈 준비를 끝마친 그녀의 남편이 내 방으로 들어왔다. 너 나한테 한 말이냐? 실핏줄이 터진 눈동자를 바라보던 나는 대답했다. 그럼 이 집에서 욕먹을 사람이 누가 있어? 말이 끝남과 동시에 나는 그녀의 남편으로부터 따귀를 두 대 연속해서 맞았다. 왼뺨 한 대, 오른뺨 한 대. 그녀의 남편은 금세 부풀어 오르는 내 뺨을 보고는 미안하다며 울음을 터뜨렸다. 이거면 됐다. 눈물이 닿는 게 따가울 정도로 아팠지만 나는 해야 할 일을 했다고 느꼈다.

나는 그녀에게 이번만큼은 완벽하게 정리하는 게 좋겠다며 이혼하기를 요구했다. 그녀는 내 말을 따랐다. 그녀의 나이가 마흔다섯이던 해였다. 법적으로 남남이 되고 난 후 얼마 지나지 않아 만취 상태인 그녀의 남편이 새벽에 찾아왔다. 절대 문 열어주지 마. 나는 여차하면 경찰에게 신고할 태세였다. 한마디만 하고 싶다던 그녀의 남편은 현관문을 주먹으로 두드리고 발로 차면서 소란을 피웠다. 옆집에 사는 젊은 남자가 나와서 그녀의 남편에게 뭐라고 하는 바람에 꽤나 시끄러워졌지만 문 안에 있던 우리는 끝내 개입하지 않았다. 이렇게까지 해도 안 열어준단 말이지. 그녀의 남편은 그날 자신이 진정으로 가족에게서 버림받았다는 사실을 깨닫고, 다시는 우리에게 돌아오지 않았다.

그녀는 언제부턴가 혼자 소주를 마시기 시작했다. 서울에 있는 대학에 입학한 두 딸은 막차를 타고 자정께가 지나서야 집에 들어오곤 했다. 때로는 외박을 하거나 여행을 다니느라 집을 자주 비웠다. 늘 사람에 둘러싸여 사람들과 대면하는 업을 지닌 사람이, 사는 게 적적해서 술을 마신다고 했다. 동생은 그런 그녀를 염려했으나 나는 점점 바깥으로 돌게 되었다. 나는 더 이상 잠이 안 온다며 그녀의 방을 기웃거리지도 않았고, 온전히 그녀에게 대화를 걸기 위해 누군가에게 칭찬을 받으려 애쓰지도 않았다. 그녀의 남편이 사라진 후로 더는 기분 나쁜 소리들이 나지도 않았다. 다만 그녀가 자살을 기도하던 날에 느꼈던 습한 기운이 점점 더 집을 장악해가고 있다는 것만큼은 분명했다.

나는 집이 더 이상 안전하지 않다는 걸 알아버렸다. 그러고는 타인에게, 더 좁혀 말하자면 애인에게 나의 안전을 기대하게 되었다. 그러나 애인은 영영 타인에 불과하고, 타인은 언젠가 떠난다. 그녀의 남편처럼. 애인들은 종종 내게 대디 이슈가 있지 않느냐고 묻곤 했다. 나는 코웃음을 치며 편모 밑에서 자란 자식은 다 그 증후군에서 못 벗어나고 발버둥치는 것처럼 보이냐며, 그렇게 사람을 우습게 대하다가는 나중에 큰일 날 수도 있다고 답했다. 파더 콤플렉스? 웃기지도 않았다. 그럼에도 나는 헤어질 때마다 내 몸이 잘려나가는 듯한 끔찍한 고통에 시달렸고, 사람과 사람이 만나다 보면 헤어질 수도 있다는 당연한 명제를 영영 납득하지 못하는 아이처럼 한동안 미쳐 있었다. 수 번의 자살 시도, 날카롭고 뾰족한 것을 보면 손목이나 허벅지 안쪽에 가져가는 습관, 한 달 치 정신과 약물을 이틀 만에 복용하고는 잠이 들 때까지 술을 마시고, 긴 잠에서 깨어나면 다시 술을 마시는 일상을 보냈다. 나는 나를 망치는 것이 한 시절의 명분인 양 살았다.

그래야 누군가는 책임을 지지.

동생은 그 누군가가 혹시 엄마냐고 물었다. 그래야 하지 않을까. 나는 몽롱한 상태로 주억거리며 대답했다. 동생은 어이가 없다는 듯 네가 계속 그 따위로 살면 너도 나가야 된다고 고함을 질렀다. 이미 정신이 나간 나는 동생이 뭐라 하든 상관없었다. 나와 동생의 싸움이 빈번해지자 그녀는 모든 게 자신의 잘못인 것 같다고 했다. 인 것 같은,은 뭐야? 잘못이라고 인정해. 와인 자국이 물들어 있는 침대 매트리스 위에 앉아서 나는 거실에서 소주를 마시고 있는 그녀에게 외쳤다. 그녀는 대답이 없었다. 나는 간신히 침대에서 일어나 휘청거리며 그녀가 있는 거실로 걸어갔다. 그녀는 나를 보지 않고 애먼 곳에 시선을 띄운 채 멍하니 있었다.

인정하라고.

뭘 인정해.

잘못 같다며.

말했잖아.

같은 게 아니라 잘못이라고. 엄마가 잘못 살아서 이렇게 된 거라고.

이게 다 내 잘못이니?

그럼 이 집에서 잘못한 사람이 누구야?

……미안하다. 다 제대로 못 키운 내 탓이다.

나는 그녀의 맞은편 의자에 앉았다. 그녀는 잔에 소주를 따르면서 노래를 듣고 싶다고 했다. 오래된 미니컴포넌트 위에 놓인 음반들이 눈에 보였다. 그녀는 사는 게 적적하다는 걸 구실 삼아 자주 음악을 들었다. 특히 혼자 술을 마실 때면 TV 대신 오디오를 켰다. 조금 취한다 싶으면 같은 트랙을 반복 재생하고는 큰 목소리로 노래를 불렀다. 그러다가는 자신의 가슴을 팍팍 치며 혼이 나간 사람처럼 울었다.

나와 동생이 가장 질색하는 장면 중 하나였다.

널 임신한 줄도 모르고 네 아빠랑 아빠 친구들이랑 나이트클럽을 자주 갔어. 깡촌에서 올라온 내가 뭘 알겠니. 어떻게 노는 줄도 모르고 그냥 따라다닌 건데, 그게 그렇게 재밌었어. 네 아빠가 좀 잘 노냐? 그때 제일 많이 나온 노래였어. 어찌나 신나게 춤들을 추던지. 그런데 있잖아. 나는 좀 싫어했어. 네 아빠가 김완선 노래만 틀면 너무 행복해하는 거야. 테레비를 보고 있으면 나는 귀신이 나오나 싶어서 얼른 돌려버렸는데 말이지. 그 여자가 그렇게 좋으냐고 물으니까 그렇다대. 그때부터 나는 나이트에서 이 노래가 나오면 삐진 척하고 앉아만 있었지. 근데 다시 들으니까 너무 좋다. 일단 흥겹잖아. 그거면 됐지 뭐.

오래된 미니컴포넌트의 스피커는 잡음을 내며 음악을 송출했다. 경쾌하지만 어딘가 모르게 불안한 신시사이저 사운드가 들려왔다. 흥겨운 비트가 점점 고조될수록 그녀는 점점 아래로 한없이 내려가는 것 같았다. 디딜 바닥이 있어야 춤을 추지. 나는 화가 치밀어 올랐다. 아직도 그녀가 그녀의 남편을 떠올리고 있다는 것이. 함께한 게 20년, 헤어진 지 15년. 김완선의 노래가 처음 발매되던 그때부터, 그러니까 그녀의 배 속에서 내가 3개월째 머무르고 있던

1987년 5월부터, 35년이 지난 지금까지. 그녀는 나보다 자신의 남편이 먼저였다. 아마 앞으로도 그럴 것이었다.

나는 간신히 구동 중이던 미니컴포넌트의 스피커를 집어던졌다. 서랍장 위에 놓여 있던 컴포넌트는 마룻바닥에서 몇 번 튕기다가 거실 모퉁이 쪽으로 데굴거리며 안착했다. 나는 거실 한복판에서 점프를 하기 시작했다. 잠수를 할 때처럼 나는 바닥이 있다는 걸 확인이라도 하듯 연신 두 발을 구르며 점프를 했다. 나머지 한쪽 스피커에서 음악이 깨지는 소리를 내며 흘러나왔다. 음악도 날카롭고 뾰족한 것이 될 수 있구나. 지금 그녀의 눈앞에 서 있는 나 역시, 언제고 날카롭고 뾰족한 것이 될 수 있었다. 아연해하는 그녀의 앞에서 나는 미친 사람처럼 뛰고 또 뛰었다.

*

그러므로, 우리는 되도록 말을 하지 않는다. 손톱깎이의 행방을 찾거나 쓰레기를 내다 버리는 날을 체크하고, 또…….

나는 그녀를 쏙 빼닮았다.

현대 음률 속에서 순간 속에 보이는
너의 새로운 춤에 마음을 뺏긴다오
아름다운 불빛에 신비한 너의 눈은
잃지 않는 매력에 마음을 뺏긴다오

리듬을 춰줘요 리듬을 춰줘요
멋이 넘쳐흘러요 멈추지 말아줘요
리듬 속의 그 춤을

— 김완선, 〈리듬 속의 그 춤을〉 중에서

작가 노트

엄마는 언제나 위태로운 연애 상대 같다. 관계가 지속되는 것이 그저 신기할 만큼. 엄마와 나는 언제나 어떤 기로 위에 있다. 나를 왜 낳았느냐고. 이럴 거면 너를 낳지 않았을 거라고. 어떤 말들은 상처를 위해 태어난다. 나는 그런 말들을 너무 많이 하고 살았다. 그 말들의 종착지는 대체로 엄마였고.

나는 엄마에게 전우애를 느낀다. 내가 참전한 전투는 나의 선택이 아니었고, 웬만하면 겪지 않는 게 더없이 좋았을 테지만. 어떤 시기에는 올바른 양육자의 모습을 하지 않은 엄마를 책망하기도 했다. 그러나 엄마가 가장 유약한 모습을 띠고 있을 무렵이 지금의 내 나이였다는 것을 나는 이제야 다시금 생각한다.

어떤 사건은 영영 쓰지 못할 것 같다. 내가 겪은 일이 아니었으면 좋겠다고 수천 번 빌었던 일들. 상태를 기록한다고 해서 증상이 해갈될 일은 없을 터. 그리고 나는 그런 방식으로 소설을 쓰지 않는다. 쓴다고 해서 사건으로부터 벗어난 적도, 벗어날 수도 없다. 그래서일까.

나는 엄마에 대해 제대로 쓰지 못했다.

그건 축복이다.

엄마에 대하여

초판 1쇄 인쇄 2021년 7월 21일
초판 1쇄 발행 2021년 7월 28일

지은이 한정현, 조우리, 김이설, 최정나, 한유주, 차현지
펴낸이 김선식

경영총괄 김은영
책임편집 정다움 **디자인** 박수연 **크로스교정** 조세현 **책임마케터** 박태준
콘텐츠사업6팀장 이호빈 **콘텐츠사업6팀** 임경섭, 박수연, 한나래, 정다움
마케팅본부장 이주화 **마케팅3팀** 이미진, 박태준, 유영은
미디어홍보본부장 정명찬 **홍보팀** 안지혜, 김재선, 이소영, 김은지, 박재연, 오수미, 이예주
뉴미디어팀 김선욱, 허지호, 염아라, 김혜원, 이수인, 임유나, 배한진, 석찬미
저작권팀 한승빈, 김재원
경영관리본부 허대우, 하미선, 박상민, 권송이, 김민아, 윤이경, 이소희, 이우철, 김재경, 최완규, 이지우, 김혜진
외부스태프 **기획** 조우리 **프로필 사진** 송인혁(다뷰스튜디오)

펴낸곳 다산북스 **출판등록** 2005년 12월 23일 제313-2005-00277호
주소 경기도 파주시 회동길 490
전화 02-702-1724 **팩스** 02-703-2219
이메일 dasanbooks@dasanbooks.com
홈페이지 www.dasanbooks.com
블로그 blog.naver.com/dasan_books
종이 IPP **출력·인쇄** 민언프린텍 **후가공** 제이오엘앤피 **제본** 정문바인텍

ISBN 979-11-306-4000-6 (03810)